Poésies

Première de couverture : Photo Scala, Florence.
Deuxième de couverture : [h, g] Tallandier/Bridgeman Images ; [h, d] Musée d'Histoire de Lyon-Gadagne, inv. 566, photographie d'Alain Basset ; [b] Wikimedia Commons/Google Art Project/CC0.
Troisième de couverture : [h] Josse/Leemage ; [b] Interfoto/La Collection.
Pages 6-7 : Corédoc
Page 88 : Tallandier/Bridgeman Images.

Cahier photos
Page I : [h, g] Artothek/La Collection ; [h, d] Photo Scala, Florence-Courtesy of the Ministero Beni e Att. Culturali e del Turismo ; [b] Robert Doisneau/Gamma Rapho.
Page II : [h] Artothek/La Collection ; [b] Photo © Musée du Louvre, Dist. RMN-Grand Palais/ Thierry Ollivier.
Page III : [h] Heritage Images/Art Media/akg-images ; [b, g] akg-images/Album ; [b, d] akg images.
Page IV : [h] Bridgeman Images ; [b] QuintLox/Leemage.

170 *bis*, boulevard du Montparnasse, 75680 Paris Cedex 14

ISBN 979-10-358-1720-6
ISSN 2104-9610

CLASSICOLYCÉE

Poésies

LOUISE LABÉ

Dossier par
Charlotte Laugraud-de Sainte Hermine
Agrégée de lettres modernes

BELIN ■ GALLIMARD

Sommaire

Le tour de l'œuvre en 8 fiches

Groupements de textes

Vers le Bac

Pour entrer dans l'œuvre

Louise Labé, grande poétesse de la Renaissance, est une figure énigmatique dont la vie et l'œuvre continuent d'être un mystère aujourd'hui. Certains voient en elle une créature de papier inventée par un groupe de poètes lyonnais, comme si ces poésies ne pouvaient avoir été écrites par une femme.

Fille d'un artisan aisé, fabricant de cordes, et mariée elle-même avec un cordier, elle est surnommée la «Belle Cordière». Elle reçoit une éducation moderne, pratique l'équitation et l'escrime, étudie le latin, l'italien et la musique. Jeune femme aux goûts libres, elle choque certains esprits conservateurs de l'époque, ce qui lui vaut, à tort, une réputation de courtisane. Louise Labé passe toute sa vie à Lyon, ville au cœur de la vie culturelle française au XVIe siècle, et fréquente «l'école lyonnaise», un cercle de poètes et poétesses humanistes résidant dans cette ville.

Publié en 1555 et unanimement loué dès sa parution, son unique recueil est constitué de trois parties: *Le Débat de Folie et d'Amour,* sorte de dialogue philosophique, trois élégies et vingt-quatre sonnets, précédés par une lettre-dédicace proche

HUMANISME (XIVe-XVIe siècles)

1374 Pétrarque, *Canzoniere*

1455 Invention de l'imprimerie

Botticelli, **1486** *La Naissance de Vénus*

Vers 1500 Anonyme, *La Dame à la licorne*

Vers 1503-1506 L. de Vinci, *La Joconde*

Ent
1516 et 15
Naissar
de Louise La

MOYEN ÂGE

d'un manifeste. Son œuvre témoigne de sa grande culture, des poètes latins aux écrivains de la Renaissance italienne, et de sa maîtrise des formes poétiques de l'époque.
La thématique de l'amour est au centre de sa poésie : revendiquant son droit à la passion, elle en dépeint les bonheurs et les affres. Louise Labé aurait aimé passionnément le poète Olivier de Magny, amant volage et inconstant, et semble donc puiser dans son vécu intime. La poétesse réussit à toucher l'universel en évoquant le lien entre l'amour et le manque, la vie et la mort. Sa poésie est particulièrement originale car elle vient rompre avec toute une tradition littéraire héritée de l'Antiquité et du Moyen Âge : celle de l'amour courtois. Elle fait entendre la voix singulière d'une femme qui ose prendre la parole, avec une grande liberté de ton, pour mettre en scène son désir charnel.
Fait remarquable dans un siècle où la vie littéraire est dominée par les hommes, Louise Labé s'adresse aux « dames », qu'elle invite à s'interroger sur leur propre rapport à l'amour. Dans une lettre féministe, elle les exhorte à exploiter leurs talents intellectuels et littéraires. Assumant son amour de la poésie, Louise Labé n'hésite pas, enfin, à faire l'éloge de l'écriture comme source de plaisir et d'épanouissement.

PRÉFACE

À M.C.D.B.L.[1]

Étant le temps venu, Madamoiselle, que les sévères lois des hommes n'empêchent plus les femmes de s'appliquer aux sciences et disciplines[2], il me semble que celles qui ont la commodité[3] doivent employer cette honnête liberté, que notre sexe[4] a autrefois tant désirée, à icelles apprendre[5], et montrer aux hommes le tort qu'ils nous faisaient en nous privant du bien et de l'honneur qui nous en pouvait venir ; et si quelqu'une parvient en tel degré[6] que de pouvoir mettre ses conceptions[7] par écrit, le faire soigneusement et non dédaigner la gloire, et s'en parer plutôt que de chaînes, anneaux[8] et somptueux habits, lesquels ne pouvons vraiment estimer nôtres que par usage. Mais l'honneur que la science[9] nous procurera

1. **À M.C.D.B.L.** : À Mademoiselle Clémence de Bourges, Lyonnaise (reprise plus loin par « Madamoiselle »). Le recueil des poèmes de Louise Labé s'ouvre sur une épître dédicatoire (ou lettre-dédicace) à sa protectrice, Clémence de Bourges (v. 1532-v. 1562). Cette femme de lettres et poétesse fréquentait la même école poétique que Louise Labé, l'école lyonnaise.
2. **Sciences** : connaissances, culture. **Disciplines** : domaines de la connaissance et de l'esprit ; les lettres en particulier.
3. **Celles qui ont la commodité** : celles qui en ont la possibilité.
4. **Notre sexe** : le sexe féminin ; nous, les femmes. Expression fréquente à l'époque.
5. **À icelles apprendre** : à apprendre celles-ci [les « sciences et disciplines »].
6. **En tel degré** : à un tel niveau.
7. **Conceptions** : pensées, idées.
8. **Non dédaigner la gloire, et s'en parer plutôt que de chaînes, anneaux** : ne pas repousser la gloire et s'en orner plutôt que de colliers, de bagues.
9. **La science** : ici, la connaissance, la culture, le savoir.

sera entièrement nôtre, et ne nous pourra être ôté, ne par finesse de larron, ne force d'ennemis, ne longueur du temps[1]. Si j'eusse été tant favorisée des Cieux, que d'avoir de l'esprit grand assez pour comprendre ce dont il a eu envie, je servirais en cet endroit plus d'exemple que d'admonition[2]. Mais, ayant passé partie de ma jeunesse à l'exercice de la musique, et, ce qui m'a resté de temps, l'ayant trouvé court pour la rudesse de mon entendement[3], et ne pouvant de moi-même satisfaire au bon vouloir[4] que je porte à notre sexe, de le voir non en beauté seulement, mais en science et vertu passer ou égaler les hommes, je ne puis faire autre chose que prier les vertueuses Dames[5] d'élever un peu leurs esprits par-dessus leurs quenouilles et fuseaux[6], et s'employer à faire entendre au monde que, si ne nous sommes faites pour commander, si ne devons-nous être dédaignées pour compagnes[7], tant ès[8] affaires domestiques que publiques, de ceux qui gouvernent et se font obéir. Et, outre[9] la réputation que notre sexe en recevra, nous aurons valu au public que les hommes mettront plus de peine et d'étude[10] aux sciences vertueuses[11], de peur qu'ils n'aient honte de voir précéder[12] celles

---

1. **Ne par finesse de larron, ne force d'ennemis, ne longueur du temps**: ni par la ruse d'un voleur, ni par la force d'ennemis, ni par le temps qui passe.
2. **Si j'eusse été tant favorisée des Cieux, [...] je servirais en cet endroit plus d'exemple que d'admonition**: si j'avais été favorisée par le Ciel (Dieu) au point d'avoir l'esprit assez grand pour comprendre ce dont il a eu envie, je me citerais en exemple plutôt que de prodiguer des conseils.
3. **La rudesse de mon entendement**: la grossièreté de mon intelligence.
4. **Bon vouloir**: bonne volonté.
5. **Vertueuses Dames**: femmes éclairées.
6. **Quenouilles et fuseaux**: instruments anciens utilisés pour le filage des matières textiles; par extension, les travaux manuels des femmes. Expression ironique ici.
7. **Si ne nous sommes faites pour commander, si ne devons-nous être dédaignées pour compagnes**: même si nous ne sommes pas faites pour commander, ce n'est pas pour autant que nous devons être méprisées comme compagnes.
8. **Ès**: dans les.
9. **Outre**: en plus de.
10. **Plus de peine et d'étude**: plus d'effort et d'application.
11. **Sciences vertueuses**: domaines supérieurs de la connaissance et de l'esprit (voir note 2, p. 9).
12. **Précéder**: ici, dépasser.

desquelles ils ont prétendu être toujours supérieurs quasi en tout. Pour ce nous faut-il animer l'une l'autre[1] à si louable entreprise, de laquelle ne devez éloigner ni épargner votre esprit[2], jà[3] de plusieurs et diverses grâces accompagné, ni votre jeunesse et autres faveurs de fortune[4], pour acquérir cet honneur que les lettres et sciences ont accoutumé porter aux personnes qui les suivent. S'il y a quelque chose recommandable après la gloire et l'honneur, le plaisir que l'étude des lettres a accoutumé donner nous y doit chacune inciter ; qui est autre que les autres récréations desquelles, quand on en a pris tant que l'on veut, on ne peut se vanter d'autre chose, que d'avoir passé le temps. Mais celle de l'étude laisse un contentement[5] de soi qui nous demeure plus longuement. Car le passé nous réjouit, et sert plus que le présent ; mais les plaisirs des sentiments se perdent incontinent[6] et ne reviennent jamais, et en est la mémoire autant fâcheuse, comme les actes ont été délectables[7]. Davantage[8] les autres voluptés sont telles que, quelque souvenir qu'il en vienne[9], si ne nous peut-il remettre en telle disposition que nous étions[10] ; et quelque imagination forte que nous imprimions en la tête, si connaissons-nous bien[11] que ce n'est qu'une ombre du passé qui nous abuse et trompe. Mais quand il advient que mettons

---

1. **Pour ce nous faut-il animer l'une l'autre** : pour cette raison, il nous faut nous encourager l'une l'autre. L'auteure continue ici de s'adresser à Clémence de Bourges.
2. **Ne devez éloigner ni épargner votre esprit** : vous ne devez ni éloigner ni ménager votre esprit.
3. **Jà** : déjà.
4. **Faveurs de fortune** : dons du destin.
5. **Contentement** : satisfaction.
6. **Incontinent** : immédiatement, aussitôt.
7. **En est la mémoire autant fâcheuse, comme les actes ont été délectables** : la mémoire [des plaisirs] est d'autant plus décevante que les actes ont été agréables.
8. **Davantage** : en outre.
9. **Quelque souvenir qu'il en vienne** : quel que soit le souvenir [de ces voluptés].
10. **Si ne nous peut-il remettre en telle disposition que nous étions** : ce n'est pas pour autant qu'il [ce souvenir] peut nous replacer dans l'état d'esprit où nous étions.
11. **Quelque imagination forte que nous imprimions en la tête, si connaissons-nous bien [...]** : quelle que soit la force d'imagination de notre esprit, nous reconnaissons pourtant bien [...].

par écrit nos conceptions, combien que, puis après, notre cerveau courre par une infinité d'affaires[1] et incessamment remue, si est-ce que, longtemps après reprenant nos écrits[2], nous revenons au même point et à la même disposition où nous étions. Lors nous redouble notre aise[3] : car nous retrouvons le plaisir passé qu'avons eu, ou en la matière dont écrivions, ou en l'intelligence des sciences où lors étions adonnés[4]. Et outre ce[5], le jugement que font nos secondes conceptions des premières[6] nous rend un singulier contentement. Ces deux biens qui proviennent d'écrire vous y doivent inciter, étant assurée que le premier ne faudra[7] d'accompagner vos écrits, comme il fait[8] tous vos autres actes et façons de vivre. Le second, sera en vous de le prendre ou ne l'avoir point[9], ainsi que[10] ce dont vous écrirez vous contentera. Quant à moi, tant en écrivant premièrement ces jeunesses[11] qu'en les revoyant depuis, je n'y cherchais autre chose qu'un honnête passe-temps et moyen de fuir oisiveté, et n'avais point intention que personne que moi les dût jamais voir[12]. Mais depuis que quelqu'uns[13] de mes amis ont trouvé moyen de les lire sans que j'en susse rien, et que (ainsi comme aisément nous croyons

---

1. **Combien que, puis après, notre cerveau courre par une infinité d'affaires**: quoique notre cerveau se disperse ensuite dans une infinité d'occupations.
2. **Si est-ce que, longtemps après reprenant nos écrits**: cependant, lorsque longtemps après nous reprenons nos écrits.
3. **Lors nous redouble notre aise**: alors notre plaisir redouble [d'intensité].
4. **Ou en la matière dont écrivions, ou en l'intelligence des sciences où lors étions adonnés**: soit dans le contenu même de ce que nous écrivions, soit dans la compréhension des disciplines que nous avions alors étudiées.
5. **Outre ce**: en plus de cela.
6. **Le jugement que font nos secondes conceptions des premières**: le jugement que rendent nos secondes pensées sur les premières.
7. **Ne faudra**: ne manquera pas.
8. **Comme il fait**: comme il accompagne.
9. **Le second, sera en vous de le prendre ou ne l'avoir point**: le second [bien], libre à vous de le goûter ou non.
10. **Ainsi que**: et ainsi.
11. **Jeunesses**: choses de jeunesse.
12. **N'avais point intention que personne que moi les dût jamais voir**: [je] n'avais pas l'intention que quelqu'un, excepté moi, puisse un jour les voir.
13. **Quelqu'uns**: quelques-uns.

ceux qui nous louent) ils m'ont fait accroire que les devais mettre en lumière, je ne les ai osé éconduire, les menaçant cependant de leur faire boire la moitié de la honte qui en proviendrait. Et pour ce que les femmes ne se montrent volontiers en public seules, je vous ai choisie pour me servir de guide, vous dédiant ce petit œuvre[1], que ne vous envoie à autre fin que pour vous acertener du bon vouloir, lequel de long temps je vous porte[2], et vous inciter et faire venir envie, en voyant ce mien œuvre[3] rude et mal bâti, d'en mettre en lumière un autre qui soit mieux limé[4] et de meilleure grâce.

Dieu vous maintienne en santé.

De Lyon, ce 24 juillet 1555.

Votre humble amie, LOUISE LABÉ.

1. Le terme « œuvre » peut être masculin à l'époque.
2. **Que ne vous envoie à autre fin que pour vous acertener du bon vouloir, lequel de long temps je vous porte** : [cet ouvrage] que je ne vous envoie (à d'autre fin) que pour vous assurer des bonnes intentions que je vous porte depuis longtemps.
3. **Ce mien œuvre** : cette œuvre qui est la mienne.
4. **Mieux limé** : plus soigné, mieux travaillé.

ÉLÉGIES

I

Au temps qu'Amour, d'hommes et Dieux vainqueur,
Faisait brûler de sa flamme mon cœur,
En embrasant de sa cruelle rage
Mon sang, mes os, mon esprit et courage,
Encore lors je n'avais la puissance[1]
De lamenter ma peine et ma souffrance[2] ;
Encor Phébus[3], ami des lauriers verts,
N'avait permis que je fisse des vers.
Mais maintenant que sa fureur divine
Remplit d'ardeur ma hardie[4] poitrine,
Chanter me fait[5], non les bruyants tonnerres
De Jupiter[6], ou les cruelles guerres
Dont trouble Mars[7], quand il veut, l'Univers ;
Il m'a donné la lyre, qui les vers
Soulait chanter de l'amour Lesbienne[8] :
Et à ce coup pleurera de la mienne[9].

---

1. **Encore lors je n'avais la puissance** : Je n'avais alors pas encore le pouvoir.
2. **Lamenter** : me lamenter sur.
3. **Phébus** : « le brillant » ; nom latin d'Apollon, dieu du soleil et de l'inspiration, patron de la musique et des arts, de la poésie et de la beauté. Il a pour emblème le laurier.
4. **Hardie** : courageuse, audacieuse.
5. **Chanter me fait** : [Phébus] me fait chanter.
6. **Jupiter** : dieu du ciel et de la terre, maître de la foudre et du tonnerre, souverain des autres dieux, dans la mythologie romaine.
7. **Mars** : dieu de la guerre, dans la mythologie romaine.
8. **Il m'a donné la lyre, qui les vers / Soulait chanter de l'amour Lesbienne** : Il [Phébus-Apollon] m'a donné la lyre, / Qui avait l'habitude de chanter l'amour de l'île de Lesbos. Référence aux amours et à l'œuvre de Sappho, poétesse lyrique qui vivait sur l'île de Lesbos, dans l'Antiquité (➡ voir le texte 1 du groupement 2, p. 111). « Amour » peut être un nom féminin au XVIe siècle.
9. **À ce coup pleurera de la mienne** : cette fois-ci, (cette lyre) pleurera sur mon amour.

Ô doux archet[1], adoucis-moi la voix,
Qui pourrait fendre et aigrir quelquefois,
En récitant tant d'ennuis et douleurs,
Tant de dépits, fortunes et malheurs.
Trempe l'ardeur dont jadis mon cœur tendre
Fut, en brûlant, demi réduit en cendre.
Je sens déjà un piteux souvenir
Qui me contraint la larme à l'œil venir.
Il m'est avis[2] que je sens les alarmes[3]
Que premiers j'eus d'Amour, je vois les armes
Dont il s'arma en venant m'assaillir[4].
C'étaient mes yeux, dont tant faisais saillir
De traits[5] à ceux qui trop me regardaient,
Et de mon arc assez ne se gardaient[6].
Mais ces miens traits, ces miens yeux me défirent,
Et de vengeance être exemple me firent.[7]
Et me moquant, et voyant l'un aimer,
L'autre brûler et d'amour consommer ;
En voyant tant de larmes épandues[8],
Tant de soupirs et prières perdues,
Je n'aperçus que soudain me vint prendre
Le même mal que je soulais reprendre[9],
Qui me perça d'une telle furie

---

1. **Archet** : baguette servant à jouer d'un instrument à cordes.
2. **Il m'est avis** : il me semble.
3. **Alarmes** : signaux pour avertir d'un danger. Le terme peut être masculin à l'époque (d'où « premiers » au vers suivant).
4. **Dont il s'arma en venant m'assaillir** : Dont il [Amour] s'arma en venant m'attaquer. On retrouve ici le champ lexical de la guerre, souvent associé à l'amour.
5. **Traits** : flèches lancées (par les yeux).
6. **De mon arc assez ne se gardaient** : de mon arc, ils [« ceux qui trop me regardaient »] ne se protégeaient pas assez.
7. **Mais ces miens traits, ces miens yeux me défirent, / Et de vengeance être exemple me firent** : Mais mes propres flèches me détruisirent les yeux, / Et firent de moi un objet de vengeance.
8. **Épandues** : répandues (participe passé du verbe « épandre »).
9. **Je soulais reprendre** : j'avais l'habitude de moquer, de critiquer.

Qu'encor n'en suis après long temps guérie[1] ;
Et maintenant me suis encor contrainte
De rafraîchir d'une nouvelle plainte
Mes maux passés[2]. Dames qui les lirez[3],
De mes regrets avec moi soupirez.
Possible, un jour, je ferai le semblable,
Et aiderai votre voix pitoyable[4]
À vos travaux[5], et peines raconter,
Au temps perdu vainement lamenter[6].
Quelque rigueur qui loge en votre cœur,
Amour s'en peut un jour rendre vainqueur.
Et plus aurez lui été ennemies,
Pis vous fera[7], vous sentant asservies.
N'estimez point que l'on doive blâmer
Celles qu'a fait Cupidon enflammer[8].
Autres que nous, nonobstant leur hautesse[9],
Ont enduré l'amoureuse rudesse :
Leur cœur hautain, leur beauté, leur lignage,
Ne les ont su préserver du servage[10]
De dur Amour ; les plus nobles esprits
En sont plus fort et plus soudain épris.

---

1. **Qu'encor n'en suis après long temps guérie** : Qu'encore (aujourd'hui), après longtemps, je n'en suis (toujours pas) guérie.
2. **Rafraîchir d'une nouvelle plainte / Mes maux passés** : réactiver mes maux passés par une nouvelle plainte.
3. L'élégie I est adressée aux Dames (aux femmes).
4. **Pitoyable** : qui inspire la pitié, touchante.
5. **Travaux** : souffrances (sens étymologique du terme « travail », qui vient du latin *tripalium*, « instrument de torture »).
6. **Au temps perdu vainement lamenter** : [je vous aiderai] à vous lamenter, en vain, sur le temps perdu.
7. **Et plus aurez lui été ennemies, / Pis vous fera** : Et plus vous [Dames] lui aurez été ennemies [de l'Amour], / Pire (plus mal) il vous fera.
8. **Celles qu'a fait Cupidon enflammer** : Celles que Cupidon a fait s'enflammer [de passion].
9. **Autres que nous, nonobstant leur hautesse** : D'autres que nous, malgré leur fierté.
10. **Servage** : esclavage.

Sémiramis[1], reine tant renommée,
Qui mit en route avecque son armée
Les noirs squadrons[2] des Éthiopiens,
Et, en montrant louable exemple aux siens,
Faisait couler, de son furieux branc[3],
Des ennemis les plus braves le sang,
Ayant encor envie de conquerre[4]
Tous ses voisins, ou leur mener la guerre,
Trouva Amour, qui si fort la pressa,
Qu'armes et lois vaincue elle laissa[5].
Ne méritait sa Royale grandeur[6]
Au moins avoir un moins fâcheux malheur
Qu'aimer son fils ? Reine de Babylone,
Où est ton cœur qui ès combats résonne ?
Qu'est devenu ce fer et cet écu[7],
Dont tu rendais le plus brave vaincu ?
Où as-tu mis la martiale crê[8]
Qui obombrait[9] le blond or de ta tête ?
Où est l'épée, où est cette cuirasse,
Dont tu rompais des ennemis l'audace ?
Où sont fuis[10] tes coursiers furieux,
Lesquels traînaient ton char victorieux ?
T'a pu si tôt un faible ennemi rompre[11] ?

---

1. **Sémiramis** : reine légendaire de Babylone, qui s'éprit de son propre fils, Ninyas.
2. **Squadrons** : escadres, groupes de vaisseaux de guerre.
3. **Branc** : glaive court.
4. **Conquerre** : conquérir.
5. **Qu'armes et lois vaincue elle laissa** : Que, vaincue, elle abandonna les armes et les lois.
6. **Ne méritait sa Royale grandeur** : Sa grandeur royale ne méritait-elle pas (de).
7. Au XVIe siècle, l'accord peut se faire avec un seul des deux éléments coordonnés, celui le plus proche (« ce fer »).
8. **La martiale crê** (crête) : le casque militaire.
9. **Obombrait** : mettait dans l'ombre, couvrait.
10. **Sont fuis** : se sont enfuis.
11. **T'a pu si tôt un faible ennemi rompre ?** : Un faible ennemi a-t-il pu si vite te briser ?

A pu si tôt ton cœur viril corrompre,
Que le plaisir d'armes plus ne te touche,
Mais seulement languis en une couche[1] ?
Tu as laissé les aigreurs martiales,
Pour recouvrer les douceurs géniales[2].
Ainsi Amour de toi t'a étrangée[3]
Qu'on te dirait en une autre changée.
Doncques[4] celui lequel d'Amour éprise
Plaindre me voit, que point il ne méprise[5]
Mon triste deuil : Amour, peut-être, en brief[6]
En son endroit n'apparaîtra moins grief[7].
Telle j'ai vue[8], qui avait en jeunesse[9]
Blâmé Amour, après en sa vieillesse
Brûler d'ardeur, et plaindre tendrement
L'âpre rigueur de son tardif tourment.
Alors, de fard et eau continuelle[10],
Elle essayait se faire venir belle,
Voulant chasser le ridé labourage[11],
Que l'âge avait gravé sur son visage.
Sur son chef gris[12] elle avait empruntée
Quelque perruque, et assez mal entée[13] ;

---

1. **Que le plaisir d'armes plus ne te touche, / Mais seulement languis en une couche ?** : Au point que (non seulement) le plaisir de la guerre ne te touche plus, / Mais aussi [au point] que tu dépérisses, seule, dans un lit ?
2. **Recouvrer les douceurs géniales** : retrouver les douceurs nuptiales.
3. **De toi t'a étrangée** : [Amour] t'a rendue étrangère à toi-même, t'a aliénée.
4. **Doncques** : donc (orthographe du xvie siècle).
5. **Celui lequel d'Amour éprise / Plaindre me voit, que point il ne méprise** : celui qui me voit me plaindre de l'Amour dont je suis éprise, qu'il ne méprise pas [...].
6. **En brief** : sous peu.
7. **Grief** : grave, pénible. Prononcer en une seule syllabe (synérèse).
8. **Telle j'ai vue** : comme celle que j'ai vue.
9. **En jeunesse** : pendant sa jeunesse.
10. **De fard et eau continuelle** : par du maquillage et du parfum nouveau.
11. **Le ridé labourage** : les rides labourant son visage (métaphore).
12. **Son chef gris** : sa tête grise, ses cheveux gris (par métonymie).
13. **Mal entée** : mal mise, mal fixée.

Et plus était à son gré[1] bien fardée,
De son Ami moins était regardée :
Lequel, ailleurs fuyant, n'en tenait compte,
Tant lui semblait laide, et avait grand'honte[2]
D'être aimé d'elle. Ainsi la pauvre vieille
Recevait bien pareille pour pareille[3].
De maints en vain un temps fut réclamée[4] ;
Ores qu'elle[5] aime, elle n'est point aimée.
Ainsi Amour prend son plaisir à faire
Que le veuil d'un soit à l'autre contraire[6].
Tel n'aime point, qu'une Dame aimera ;
Tel aime aussi, qui aimé ne sera[7] ;
Et entretient, néanmoins, sa puissance
Et sa rigueur d'une vaine espérance.

---

1. **À son gré** : selon son goût, à ses yeux.
2. **Tant lui semblait laide, et avait grand'honte / D'être aimé d'elle** : Tant elle lui semblait laide, / Et il ressentait une grande honte d'être aimé d'elle.
3. **Recevait bien pareille pour pareille** : Essuyait des refus pareils à ses propres refus (passés).
4. **De maints en vain un temps fut réclamée** : Pendant un moment, de nombreux hommes la réclamèrent, en vain.
5. **Ores qu'elle** : alors qu'elle.
6. **Que le veuil d'un soit à l'autre contraire** : Que le désir de l'un soit contraire à celui de l'autre.
7. **Tel n'aime point, qu'une Dame aimera ; / Tel aime aussi, qui aimé ne sera** : Celui-ci qui n'aime point, une Dame l'aimera ; / [De même], celui-là qui aime (quelqu'un) ne sera pas aimé.

II

D'un tel vouloir[1] le serf[2] point ne désire
La liberté, ou son port le navire,
Comme j'attends, hélas, de jour en jour,
De toi, Ami, le gracieux retour.
Là j'avais mis le but de ma douleur,
Qui finirait quand j'aurais ce bonheur
De te revoir ; mais de la longue attente,
Hélas, en vain mon désir se lamente.
Cruel, cruel, qui te faisait promettre
Ton bref retour en ta première lettre ?
As-tu si peu de mémoire de moi
Que de m'avoir si tôt rompu la foi[3] ?
Comme[4] oses-tu ainsi abuser celle
Qui de tout temps t'a été si fidèle ?
Or' que tu es auprès de ce rivage
Du Pô cornu[5], peut-être ton courage
S'est embrasé d'une nouvelle flamme,
En me changeant[6] pour prendre une autre Dame :
Jà en oubli inconstamment est mise[7]
La loyauté que tu m'avais promise.
S'il est ainsi, et que déjà la foi[8]
Et la bonté se retirent de toi,

---

1. **Vouloir** : désir.
2. **Serf** : sous la féodalité, personne sans liberté personnelle, attachée à un seigneur. Par extension, esclave, personne soumise.
3. **De m'avoir si tôt rompu la foi** : d'avoir si tôt rompu la parole que tu m'as donnée.
4. **Comme** : comment.
5. **Pô cornu** : référence au delta du Pô, fleuve italien au cours sinueux, et à sa représentation allégorique sous la forme d'un dieu à cornes.
6. **En me changeant** : en me remplaçant.
7. **Jà en oubli inconstamment est mise** : Déjà, par inconstance, elle a sombré dans l'oubli [« la loyauté que tu m'avais promise »].
8. **Foi** : confiance ; ici, engagement, fidélité.

Il ne me faut émerveiller si ores[1]
Toute pitié tu as perdue encore.
Ô combien a de pensée et de crainte,
Tout à part soi, l'âme d'Amour atteinte !
Ores[2] je crois, vu notre amour passée,
Qu'impossible est que tu m'aies laissée ;
Et de nouveau ta foi je me fiance[3],
Et plus qu'humaine estime ta constance[4].
Tu es, peut-être, en chemin inconnu
Outre ton gré malade retenu[5].
Je crois que non : car tant suis coutumière[6]
De faire aux Dieux pour ta santé prière
Que plus cruels que tigres ils seraient
Quand maladie ils te prochasseraient[7],
Bien que ta folle et volage inconstance
Mériterait avoir quelque souffrance.
Telle est ma foi qu'elle pourra suffire
À te garder d'avoir mal et martyre[8].
Celui qui tient au haut Ciel son Empire
Ne me saurait, ce me semble, dédire[9] ;
Mais, quand mes pleurs et larmes entendrait
Pour toi priant, son ire[10] il retiendrait.

---

1. **Il ne me faut émerveiller si ores** : Il ne faut pas m'étonner si maintenant.
2. **Ores** : et pourtant.
3. **Ta foi je me fiance** : je m'en remets à ta parole donnée (ta fidélité).
4. **Plus qu'humaine estime ta constance** : [j'] estime ta constance surhumaine.
5. **Outre ton gré malade retenu** : Retenu, malade, contre ta volonté.
6. **Tant suis coutumière** : j'ai tellement l'habitude.
7. **Quand maladie ils te prochasseraient** : Si, par la maladie, ils [les dieux] te pourchassaient.
8. **Te garder d'avoir mal et martyre** : t'empêcher d'avoir mal et (de) connaître une grande souffrance.
9. **Ne me saurait [...] dédire** : Ne saurait [...] me contredire.
10. **Son ire** : sa colère.

J'ai de tout temps vécu en son service[1],
Sans me sentir coupable d'autre vice
Que de t'avoir bien souvent en son lieu,
D'amour forcé, adoré comme Dieu[2].
Déjà deux fois, depuis le promis terme
De ton retour, Phébé ses cornes ferme[3],
Sans que, de bonne ou mauvaise fortune[4],
De toi, Ami, j'aye[5] nouvelle aucune.
Si toutefois, pour être énamouré
En autre lieu, tu as tant demeuré,
Si sais-je bien que t'amie nouvelle
À peine aura le renom d'être telle,
Soit en beauté, vertu, grâce et faconde,
Comme plusieurs gens savants par le monde
M'ont fait, à tort, ce crois-je, être estimée[6]
Mais qui pourra garder la renommée[7]?
Non seulement en France suis flattée,
Et beaucoup plus que ne veux exaltée[8],
La terre aussi que Calpe et Pyrénée[9]

---

1. **En son service**: dans la soumission [à Dieu].
2. **T'avoir bien souvent en son lieu, / D'amour forcé, adoré comme Dieu**: t'avoir bien souvent, à la place de Dieu, poursuivi par amour, adoré comme lui.
3. **Déjà deux fois, depuis le promis terme / De ton retour, Phébé ses cornes ferme**: Deux fois déjà, depuis la date convenue de ton retour, la pleine lune est revenue. (Référence à Phébé, divinité grecque associée à la lune, et probablement aux cornes du croissant de lune).
4. **De bonne ou mauvaise fortune**: par hasard heureux ou malheureux.
5. **J'aye**: j'aie (je n'aie).
6. Vers 53-59: Si toutefois, pour être tombé amoureux, / Tu as demeuré si longtemps dans un autre lieu, / Je sais pourtant bien que ta nouvelle amie (amante), / Aura difficilement la réputation d'être telle que moi, / Que ce soit en beauté, en vertu, en grâce ou en éloquence, / À l'image des qualités que plusieurs gens d'esprit, dans le monde, / M'ont prêtées, à tort, je le crois.
7. **Qui pourra garder la renommée?**: qui (de nous deux) pourra conserver cette réputation?
8. **Suis flattée, / Et beaucoup plus que ne veux exaltée**: je suis l'objet d'une réputation très flatteuse, / Et vantée, beaucoup plus que je ne le voudrais.
9. **Calpe et Pyrénée**: Gibraltar et les Pyrénées.

Avec la mer tiennent environnée,
Du large Rhin les roulantes arènes[1],
Le beau pays auquel or' te promènes[2],
Ont entendu (tu me l'as fait accroire)
Que gens d'esprit me donnent quelque gloire.
Goûte le bien que tant d'hommes désirent,
Demeure au but où tant d'autres aspirent,
Et crois qu'ailleurs n'en auras une telle[3].
Je ne dis pas qu'elle ne soit plus belle,
Mais que jamais femme ne t'aimera,
Ne plus que moi d'honneur te portera.
Maints grands Seigneurs à mon amour prétendent[4],
Et à me plaire et servir prêts se rendent;
Joutes[5] et jeux, maintes belles devises[6],
En ma faveur sont par eux entreprises:
Et néanmoins, tant peu je m'en soucie
Que seulement ne les en remercie[7]:
Tu es, tout seul, tout mon mal et mon bien;
Avec toi tout, et sans toi je n'ai rien;
Et n'ayant rien qui plaise à ma pensée,
De tout plaisir me treuve[8] délaissée,
Et, pour plaisir, ennui saisir me vient[9].
Le regretter et plorer[10] me convient,

---

1. **Arènes**: sables.
2. **Le beau pays auquel or' te promènes**: Le beau pays où en ce moment tu te promènes.
3. **Et crois qu'ailleurs n'en auras une telle**: Et crois bien qu'ailleurs tu n'en trouveras pas une telle (aussi bien) que moi.
4. **À mon amour prétendent**: veulent parvenir à mon amour.
5. **Joutes**: combats de parade (où deux cavaliers essaient de se désarçonner).
6. **Devises**: ornements portés par les chevaliers dans les tournois, en l'honneur de leur dame. Référence à l'amour courtois.
7. **Et néanmoins, tant peu je m'en soucie / Que seulement ne les en remercie**: Et pourtant, je m'en soucie si peu, / Que je ne les en remercie même pas.
8. **Treuve**: trouve (ancienne forme du verbe «trouver»).
9. **Pour plaisir, ennui saisir me vient**: à la place du plaisir, l'ennui vient me saisir.
10. **Plorer**: pleurer.

Et sur ce point entre en tel déconfort[1]
Que mille fois je souhaite la mort.
Ainsi, Ami, ton absence lointaine
Depuis deux mois me tient en cette peine,
Ne vivant pas, mais mourant d'un amour
Lequel m'occit[2] dix mille fois le jour.
Reviens donc tôt[3], si tu as quelque envie
De me revoir encore un coup en vie.
Et si la mort avant ton arrivée
A de mon corps l'aimante âme privée[4],
Au moins un jour viens, habillé de deuil[5],
Environner le tour[6] de mon cercueil.
Que plût à Dieu que lors fussent trouvés
Ces quatre vers en blanc marbre engravés[7]:

PAR TOI, AMI, TANT VÉQUIS ENFLAMMÉE
QU'EN LANGUISSANT PAR FEU SUIS CONSUMÉE
QUI COUVE ENCOR SOUS MA CENDRE EMBRASÉE,
SI NE LA RENDS DE TES PLEURS APAISÉE[8].

---

1. **Entre en tel déconfort** : j'entre dans un tel découragement.
2. **Occit** : tue (littéraire).
3. **Tôt** : vite, bientôt.
4. **A de mon corps l'aimante âme privée** : [La mort] a privé mon âme aimante de mon corps.
5. **Habillé de deuil** : dans des habits de deuil, pour un enterrement.
6. **Environner le tour** : faire le tour.
7. **Engravés** : gravés dans la pierre.
8. Vers 101-104 : Par toi, mon ami, je vécus tant enflammée (d'amour), / Qu'à force de me morfondre de ton absence, du feu (de la passion) je me suis consumée. / Il couve encore sous ma cendre embrasée. / À moins que tu ne l'éteignes par tes larmes.

III

Quand vous lirez, ô Dames Lyonnoises[1],
Ces miens écrits pleins d'amoureuses noises[2],
Quand mes regrets, ennuis, dépits et larmes
M'orrez[3] chanter en pitoyables carmes[4],
Ne veuillez point condamner ma simplesse[5],
Et jeune erreur de ma folle jeunesse,
Si c'est erreur[6]. Mais qui dessous les Cieux[7]
Peut se vanter de n'être vicieux[8] ?
L'un n'est content de sa sorte de vie,
Et toujours porte à ses voisins envie ;
L'un, forcenant de voir[9] la paix en terre,
Par tous moyens tâche y mettre la guerre ;
L'autre, croyant pauvreté être vice,
À autre Dieu qu'or ne fait sacrifice ;
L'autre sa foi parjure il emploiera
À décevoir quelqu'un qui le croira[10] ;
L'un, en mentant, de sa langue lézarde[11],
Mille brocards sur l'un et l'autre darde[12].
Je ne suis point sous ces planètes née,

---

1. **Lyonnoises** : lyonnaises.
2. **Noises** : chagrins.
3. **M'orrez** : [vous] m'entendrez.
4. **Carmes** : vers (du latin *carmen, carmina* : les paroles magiques, le charme et, par extension, le chant poétique).
5. **Simplesse** : simplicité (d'esprit), naïveté, candeur.
6. **Si c'est erreur** : si toutefois il s'agit bien d'une erreur (de jeunesse).
7. **Dessous les Cieux** : en dessous des cieux, sur terre.
8. **N'être vicieux** : n'avoir aucun défaut (moral).
9. **Forcenant de voir** : devenant fou à force de voir [...].
10. Vers 13-16 : L'autre, croyant que la pauvreté est un vice, / Ne fait de sacrifice à aucun autre dieu que l'or. / L'autre trahira la parole donnée / En trompant quelqu'un qui aura cru en lui.
11. **Langue lézarde** : langue de lézard, en référence à la langue fourchue des lézards, symbole du mensonge et de la duplicité.
12. **Mille brocards sur l'un et l'autre darde** : Attaque l'un et l'autre de mille railleries.

Qui m'eussent pu tant faire infortunée.
Onques ne fut mon œil marri[1], de voir
Chez mon voisin mieux que chez moi pleuvoir;
Onq ne mis noise ou discorde[2] entre amis;
À faire gain jamais ne me soumis[3];
Mentir, tromper, et abuser autrui,
Tant m'a déplu, que médire de lui[4].
Mais, si en moi rien y a d'imparfait[5],
Qu'on blâme Amour: c'est lui seul qui l'a fait.
Sur mon vert âge en ses lacs il me prit[6],
Lorsqu'exerçais mon corps et mon esprit
En mille et mille œuvres ingénieuses,
Qu'en peu de temps me rendit ennuyeuses[7].
Pour bien savoir avec l'aiguille peindre[8],
J'eusse entrepris la renommée éteindre
De celle-là qui, plus docte que sage,
Avec Pallas comparait son ouvrage[9].
Qui m'eût vue lors en armes fière aller[10],
Porter la lance et bois faire voler,

---

1. **Onques ne fut mon œil marri**: jamais mon œil ne fut affligé.
2. **Onq ne mis noise ou discorde**: jamais je ne créai de querelle ni de dispute.
3. **À faire gain jamais ne me soumis**: À l'appât de l'argent jamais je ne cédai.
4. **Tant m'a déplu, que médire de lui**: Rien ne m'a tant déplu, que de dire du mal de lui.
5. **Si en moi rien y a d'imparfait**: si, en moi, il y a quelque chose d'imparfait, de critiquable. («rien» signifie «une chose» dans une phrase positive, conformément à l'étymologie *res, rem*: «la chose»).
6. **Sur mon vert âge en ses lacs il me prit**: Dans ma jeunesse, il [Amour] me captura dans ses filets (métaphore).
7. **En mille et mille œuvres ingénieuses / Qu'en peu de temps me rendit ennuyeuses**: Dans mille et une activités créatives / Qui, en peu de temps, devinrent à cause de lui [Amour] ennuyeuses.
8. **Savoir avec l'aiguille peindre**: allusion à une technique de broderie.
9. Vers 34-36: J'aurais entrepris de rivaliser avec celle qui, plus savante que sage, comparait son ouvrage avec celui de Pallas. (Allusion à Arachné, héroïne de la mythologie gréco-romaine, qui osa défier la déesse Athéna lors d'un concours de broderie et fut métamorphosée en araignée par la déesse humiliée.)
10. **Qui m'eût vue lors en armes fière aller**: Celui qui m'aurait alors vue, tout équipée pour le combat, partir fièrement.

Le devoir faire en l'étour furieux[1],
Piquer, volter le cheval[2] glorieux,
Pour Bradamante ou la haute Marphise,
Sœur de Roger, il m'eût, possible, prise[3].
Mais quoi ? Amour ne put longuement voir
Mon cœur n'aimant que Mars[4] et le savoir ;
Et, me voulant donner autre souci,
En souriant, il[5] me disait ainsi :
« Tu penses donc, ô Lyonnaise Dame,
Pouvoir fuir par ce moyen ma flamme ?
Mais non feras[6], j'ai subjugué les Dieux
Ès bas Enfers, en la Mer et ès Cieux[7].
Et penses-tu que n'aye[8] tel pouvoir
Sur les humains, de leur faire savoir
Qu'il n'y a rien qui de ma main échappe ?
Plus fort se pense[9], et plus tôt je le frappe.
De me blâmer quelquefois tu n'as honte,
En te fiant en Mars, dont tu fais conte ;
Mais maintenant, vois si, pour persister
En le suivant, me pourras résister. »

---

1. **Le devoir faire en l'étour furieux** : Accomplir son devoir dans un tournoi plein de fureur guerrière.
2. **Piquer, volter le cheval** : piquer (avec l'éperon), faire tourner le cheval.
3. **Pour Bradamante ou la haute Marphise, [...] il m'eût, possible, prise** : On aurait pu me prendre pour Bradamante ou la puissante Marphise. Référence aux héroïnes guerrières du roman du XVIe siècle *Le Roland furieux* de L'Arioste. Bradamante incarne l'inébranlable fidélité à son amant, Roger, dont le sort ne cesse de l'éloigner d'elle ; Marphise représente le désir de gloire.
4. **Mon cœur n'aimant que Mars** : mon cœur n'aimant que la guerre. Allusion à Mars, dieu de la guerre dans la mythologie romaine.
5. **Il** : Amour. À partir de là, l'Amour personnifié s'adresse directement à la poétesse.
6. **Non feras** : tu ne feras pas (cela).
7. **Les Dieux / Ès bas Enfers, en la Mer et ès Cieux** : les dieux / des bas enfers, de la mer et des cieux.
8. **N'aye** : je n'aie.
9. **Plus fort se pense** : plus quelqu'un se pense fort.

Ainsi parlait, et tout échauffé d'ire,
Hors de sa trousse une sagette[1] il tire,
Et, décochant de son extrême force,
Droit la tira contre ma tendre écorce[2]:
Faible harnais[3] pour bien couvrir le cœur
Contre l'archer[4] qui toujours est vainqueur.
La brèche faite, entre Amour en la place[5],
Dont le repos premièrement il chasse,
Et, de travail qu'il me donne sans cesse,
Boire, manger et dormir ne me laisse[6].
Il ne me chaut de soleil ne d'ombrage[7];
Je n'ai qu'Amour et feu en mon courage[8],
Qui me déguise et fait autre paraître,
Tant que ne peux moi-même me connaître.
Je n'avais vu encore seize hivers[9],
Lorsque j'entrai en ces ennuis[10] divers;
Et jà voici le treizième Été
Que mon cœur fut par Amour arrêté.
Le temps met fin aux hautes Pyramides[11],
Le temps met fin aux fontaines humides:

1. **Trousse**: carquois (étui) contenant des flèches. **Sagette**: flèche.
2. **Écorce**: enveloppe (métaphore de la peau).
3. **Harnais**: armure d'un guerrier, équipement ou tenue militaire.
4. **Archer**: personne tirant à l'arc (ici, renvoie à l'Amour, personnifié).
5. **La brèche faite, entre Amour en la place**: La blessure (une fois) faite, l'amour entre en moi.
6. **Boire, manger et dormir ne me laisse**: [Amour] ne me laisse ni boire, ni manger, ni dormir.
7. **Il ne me chaut de soleil ne d'ombrage**: Je ne me préoccupe ni du soleil ni de l'ombre.
8. **Courage**: cœur.
9. **Je n'avais vu encore seize hivers**: Je n'avais pas encore seize ans (métaphore).
10. **Ennuis**: tourments, grandes douleurs (sens fort du terme au XVIe siècle).
11. **Hautes Pyramides**: référence aux pyramides de l'Égypte antique.

Il ne pardonne aux braves Colisées[1],
Il met à fin[2] les villes plus prisées ;
Finir aussi il a accoutumé
Le feu d'Amour, tant soit-il allumé[3].
Mais, las ![4] en moi il semble qu'il augmente
Avec le temps, et que plus me tourmente[5].
Pâris aima Œnoné[6] ardemment,
Mais son amour ne dura longuement ;
Médée fut aimée de Jason,
Qui tôt après la mit hors sa maison[7].
Si méritaient-elles être estimées,
Et, pour aimer leurs Amis, être aimées[8].
S'étant aimé, on peut Amour laisser,
N'est-il raison, ne l'étant, se lasser ?
N'est-il raison te prier de permettre,
Amour, que puisse à mes tourments fin mettre ?
Ne permets point que de Mort fasse épreuve,
Et plus que toi pitoyable la treuve[9] ;

---

1. **Il ne pardonne aux braves Colisées** : Il [le temps] ne pardonne pas aux bons (vieux) Colisées (en référence aux monuments de l'Antiquité romaine).
2. **Il met à fin** : Il met fin (à/aux).
3. **Finir aussi il a accoutumé / Le feu d'Amour, tant soit-il allumé** : Il [le temps] a également l'habitude de mettre fin / Au feu d'amour, dès qu'il a été allumé.
4. **Las !** : hélas !
5. **Plus me tourmente** : [il] me tourmente de plus en plus.
6. **Pâris** : prince troyen légendaire, dans la mythologie grecque. **Œnoné** (lire O/E/no/ne) : première épouse de Pâris.
7. **Médée fut aimée de Jason, / Qui tôt après la mit hors sa maison** : allusion à Médée, dans la mythologie grecque, qui aida le héros Jason à obtenir la Toison d'or. Celui-ci l'aima et l'épousa, mais peu de temps après la chassa. Dans ce vers, il faut compter les e muets comme des syllabes pleines : Mé/dé/e/fut ai/mé/e/ de/ Ja/son.
8. **Si méritaient-elles être estimées, / Et, pour aimer leurs Amis, être aimées** : Pourtant, elles méritaient bien d'être estimées, / Et, parce qu'elles aimaient leurs amants, d'en être aimées également.
9. Vers 91-96 : Si, quand on est aimé, on peut renoncer à l'Amour, / N'est-il pas raisonnable, quand on ne l'est pas, de s'en lasser ? / N'est-il pas raisonnable de te prier, Amour, / De mettre un terme à mes tourments ? / Ne permets point, que je fasse l'épreuve de la Mort. / Et que je trouve celle-ci, plus que toi [Amour], émouvante.

Mais si tu veux que j'aime jusqu'au bout,
Fais que celui que j'estime mon tout[1],
Qui seul me peut faire plorer et rire,
Et pour lequel si souvent je soupire,
Sente en ses os, en son sang, en son âme,
Ou plus ardente, ou bien égale flamme[2].
Alors ton faix plus aisé me sera[3],
Quand avec moi quelqu'un le portera.

---

1. **Celui que j'estime mon tout**: Celui que j'estime être tout pour moi.
2. **Ou plus ardente, ou bien égale flamme**: Sa flamme, soit plus ardente, soit (au moins) égale.
3. **Alors ton faix plus aisé me sera**: Alors ton fardeau me sera plus facile à porter.

Arrêt sur lecture 1

Pour comprendre l'essentiel

La lettre aux femmes, une préface audacieuse

1 La « préface » consiste en une épître dédicatoire ou lettre-dédicace. Indiquez à qui elle est explicitement adressée en développant votre réponse et en recherchant des informations complémentaires sur ce ou cette destinataire.

2 Dans cette lettre, Louise Labé s'envisage en tant que femme et en tant qu'auteure ; elle évoque en particulier sa pensée, ses différents savoir-faire et son activité d'écriture. Expliquez l'image que ce texte donne d'elle.

3 Cette préface revêt également une dimension argumentative. Montrez à qui la poétesse adresse plus largement ce discours (par les périphrases et pronoms) et quel « programme » elle propose.

Les élégies, des complaintes amoureuses intimistes

4 Les élégies présentent une chronologie du vécu amoureux sous la forme de trois étapes principales : l'*innamoramento*, moment où le sujet « tombe » amoureux (ou « coup de foudre ») ; la souffrance amoureuse ; la distance ou le regard rétrospectif, qui permet l'expression poétique. Retrouvez ces différentes étapes dans les trois élégies et dites quelles tonalités principales sont présentes dans ces trois poèmes.

5 Les élégies rapportent, à la première personne, le vécu amoureux de la poétesse. Après avoir trouvé à qui Louise Labé s'adresse dans l'élégie II, montrez qu'elle se souvient de sa jeunesse dans les élégies I et III. Intéressez-vous notamment à son autoportrait en jeune fille indifférente à l'amour (élégie I).

6 Les élégies sont dédiées à l'expression du sentiment amoureux. Développez la vision que Louise Labé en donne, en montrant que l'amour est personnifié. Expliquez comment il naît chez le sujet (élégies I et III). Indiquez les souffrances qu'il peut provoquer (élégie II).

La voix d'une femme

7 Les trois élégies sont nourries de références mythologiques. Repérez les figures féminines qui sont évoquées dans les élégies I et III, et dites quelle image celles-ci donnent de l'amour.

8 Dans ces élégies, l'amante se transforme en poétesse pour chanter sa douleur. Relevez les passages où apparaissent les thèmes de la voix féminine, du chant ou de l'écriture.

9 Dans les élégies I et III, Louise Labé s'adresse aux lectrices. Relevez les apostrophes aux femmes. Montrez que la poétesse sollicite la bienveillance des autres femmes. Enfin, indiquez le ou les conseils qu'elle leur donne.

✔ *Rappelez-vous !*

- **L'humanisme** est un mouvement d'idées, **culturel et artistique**, qui naît en Italie au XIVe siècle et se développe en Europe en particulier au XVIe siècle. Il se caractérise par la foi en l'humain, par l'intérêt pour toutes les formes de la **connaissance** et par la **redécouverte de la littérature de l'Antiquité**.
- **L'élégie**, forme poétique de l'Antiquité, est à la Renaissance un poème de forme libre, relevant de la poésie lyrique et caractérisé par sa **tonalité plaintive** (élégiaque). Le poète ou la poétesse y exprime des émotions douloureuses liées à une perte, à une absence ou à un deuil, et plus largement des sentiments malheureux, comme la tristesse, ou un état d'âme mélancolique.

Vers l'oral du Bac

Élégie I, p. 17-18, v. 1-20

→ *Montrez que le début de cette première élégie exprime le lien étroit entre le sentiment amoureux et le chant poétique.*

Conseils pour la lecture à voix haute

– Repérez le type de vers en comptant le nombre de syllabes des premiers vers. Différenciez bien les -e muets caducs (non prononcés) des -e comptés comme une syllabe : on prononce en effet le -e s'il est en finale d'un mot qui est suivi d'un son consonne (y compris un *h* aspiré), sauf si le -e termine le vers.

– Mettez en valeur le rythme du poème et sa musicalité. Respectez la ponctuation, afin de souligner le sens de chaque phrase, déployée sur plusieurs vers. Marquez une légère pause pour révéler chacun des mouvements identifiés.

– Ce poème est une élégie (➡ voir « Rappelez-vous ! », p. 35), qui peut évoquer un chant douloureux ou une complainte. Faites entendre la tonalité élégiaque, en soignant la diction des vers qui expriment la souffrance ou la mélancolie amoureuse.

Explication linéaire du texte

■ *Introduction*

Si elle est surtout connue pour ses sonnets, Louise Labé a également composé des élégies, poèmes mélancoliques écrits en décasyllabes à rimes plates. Les trois élégies de son recueil poétique, publié pour la première fois en 1555, développent le motif de la passion destructrice : elles illustrent l'impossibilité de se soustraire à l'amour et la violence de ce sentiment chez ceux qui se targuent le plus d'y échapper. Dans la première élégie, la poétesse rapporte le «souvenir» de l'*innamoramento* (moment où le sujet «tombe» amoureux) et insiste sur la manière dont l'amour – à travers l'allégorie de Cupidon – s'est emparé, malgré elle, de la jeune fille indifférente et distante qu'elle était. Dans les vingt premiers vers, la poétesse envisage moins le sentiment amoureux que la capacité de le transformer en chant et en vers poétiques, d'où l'apparition du motif symbolique de la lyre. Comment le début de cette première élégie exprime-t-il le lien étroit entre le sentiment amoureux et le chant poétique? Nous suivrons les mouvements du texte: l'évocation d'une passion d'abord dévastatrice et muette (v. 1-8); ensuite la naissance du chant amoureux (v. 9-16); enfin l'adresse à la lyre (v. 17-20).

Explication guidée

I. Vers 1 à 8: Une passion dévastatrice

a. Dans les vers 1 à 4, en quoi l'amour est-il personnifié? Relevez le champ lexical du feu.

b. Aux vers 5-6, montrez que la tonalité est pathétique.

c. Aux vers 7-8, pourquoi la poétesse sollicite-t-elle la figure mythologique de Phébus? Tandis qu'elle est animée par l'amour, quelle «puissance» (v. 5) lui manque-t-il alors?

II. Vers 9 à 16: La naissance du chant amoureux

a. Au vers 9, quels termes (conjonction, adverbe) montrent un changement? Aux vers 9-10, à qui et à quoi la poétesse fait-elle à nouveau référence?

b. Dans les vers 11 à 13, à quoi renvoie, selon vous, le verbe «chanter»? Quel type de «chants» la poétesse écarte-t-elle alors?

c. Dans les vers 14 à 16, quel objet mythique reçoit-elle et que symbolise-t-il? Selon tout ce passage, quel type de poésie Louise Labé privilégie-t-elle?

III. Vers 17 à 20: L'adresse à la lyre

a. Au vers 17, à qui s'adresse la poétesse? Qu'exprime le «ô»?

b. Dans les vers 18 à 20, que souhaite finalement la poétesse pour son chant?

Conclusion

Dans ce tout premier poème du recueil, apparaissent déjà les thèmes et motifs chers à Louise Labé : la vision de l'amour comme passion destructrice, à travers l'allégorie de Cupidon ; l'inspiration antique et mythologique ; enfin une perspective d'emblée métapoétique, liée au besoin irrépressible d'exprimer l'amour. En effet, dans les premiers vers, la poétesse évoque la force dévastatrice de ce sentiment et fait un constat d'impuissance : elle ne sait pas encore le convertir en « vers ». Heureusement, ce pouvoir lui vient ensuite : elle exalte alors sa capacité à transformer la souffrance amoureuse en chant poétique, sous le double compagnonnage de Phébus-Apollon, dieu de l'inspiration, patron de la musique et de la poésie, et de Sappho, grande poétesse de l'amour dans l'Antiquité. En partie redécouverte à la Renaissance, cette référence discrète signale aussi un héritage littéraire féminin. La poétesse se met enfin en scène accompagnée d'un objet symbolique et mythique, la lyre, instrument d'Apollon et d'Orphée, qui annonce plus loin le luth (sonnet XII). Aussi cette élégie souligne-t-elle d'emblée le choix du lyrisme, tout en mêlant d'autres tonalités, pathétique et élégiaque, qui se déploieront dans les autres poèmes. L'enjeu de la poésie de Louise Labé apparaît donc dès l'aube du recueil : « lamenter [s]a peine et [s]a souffrance ».

Question de grammaire

Dans les vingt premiers vers de l'élégie I, relevez les phrases ou propositions dans lesquelles le mot « que » apparaît, puis indiquez chaque fois la nature du mot « que ».

SONNETS

I[1]

Non havria Ulysse o qualunqu'altro mai
Piu accorto fu, da quel divino aspetto,
Pien di gratie, d'honor et di rispetto,
Sperato qual i sento affanni et guai.

Pur, Amor, co'i begli occhi tu fatt'hai
Tal piaga dentro al mio innocente petto,
Di cibo et di calor già tuo ricetto,
Che rimedio non v'è si tu nel' dai.

O sorte dura, che mi fa esser quale
Punta d'un Scorpio, et domandar riparo
Contr' el velen' dall' istesso animale.

Chieggio ti sol' ancida questa noia,
Non estingua el desir a me si caro,
Che mancar non potria ch'i non mi muoia.

1. Ce sonnet est écrit en italien, la langue de Pétrarque (1304-1374), poète dont s'inspire Louise Labé.

Translation en français moderne[1] :

Si jamais il y eut plus clairvoyant qu'Ulysse[2],
il n'aurait jamais pu prévoir que ce visage,
orné de tant de grâce et si digne d'hommage,
devienne l'instrument de mon affreux supplice.

Cependant ces beaux yeux, Amour[3], ont su ouvrir
dans mon cœur innocent une telle blessure
– dans ce cœur où tu prends chaleur et nourriture –
que tu es bien le seul à pouvoir m'en guérir.

Cruel destin ! Je suis la pointe d'un Scorpion[4],
et ne puis demander un remède au poison
que de cet animal qui a su me piquer !

Je t'en supplie, Amour, cesse de me tourmenter !
Mais n'éteins pas en moi mon plus précieux désir,
sinon il me faudra fatalement mourir.

---

1. Transposition en alexandrins de François Rigolot dans l'édition © GF-Flammarion, 2004.
2. Ulysse : référence à l'un des héros de la mythologie grecque, Ulysse, roi d'Ithaque, dont le long périple, au retour de la guerre de Troie, est chanté par Homère dans l'*Odyssée*. Il est renommé pour son intelligence rusée.
3. Ici, la poétesse s'adresse à l'Amour personnifié.
4. Référence au dard pointu et venimeux que le scorpion porte au bout de son abdomen et utilise pour piquer ses proies, et plus largement, aux croyances relatives aux remèdes que le scorpion pouvait fournir contre son propre venin.

II

Ô beaux yeux bruns, ô regards détournés,
Ô chauds soupirs, ô larmes épandues,
Ô noires nuits vainement attendues,
Ô jours luisants vainement retournés[1] !

Ô tristes plaints[2], ô désirs obstinés,
Ô temps perdu, ô peines dépendues[3],
Ô mille morts en mille rets tendues[4],
Ô pires maux contre moi destinés !

Ô ris[5], ô front, cheveux, bras, mains et doigts !
Ô luth plaintif, viole[6], archet et voix !
Tant de flambeaux pour ardre[7] une femelle[8] !

De toi me plains, que tant de feux portant,
En tant d'endroits d'iceux mon cœur tâtant,
N'en est sur toi volé quelque étincelle[9].

---

1. **Vainement retournés** : qui reviennent en vain.
2. **Plaints** : plaintes.
3. **Dépendues** : dépensées, versées, gaspillées.
4. **Ô mille morts en mille rets tendues** : Ô mille souffrances tendues par mille pièges (ou filets).
5. **Ris** : ici, sourire.
6. **Luth, viole** (ou viole de gambe) : instruments de musique à cordes.
7. **Ardre** : brûler, enflammer (sens métaphorique).
8. **Femelle** : petite femme (diminutif).
9. Vers 12-14 : Je me plains de toi, qui fais naître tant de feux, / Ils atteignent tant d'endroits de mon cœur / Alors que pas la moindre étincelle n'a volé sur toi.

III

Ô longs désirs, ô espérances vaines,
Tristes soupirs et larmes coutumières[1]
À engendrer de moi maintes[2] rivières,
Dont mes deux yeux sont sources et fontaines !

Ô cruautés, ô duretés inhumaines,
Piteux regards des célestes lumières[3],
Du cœur transi ô passions premières,
Estimez-vous croître encore mes peines[4] ?

Qu'encor Amour sur moi son arc essaie,
Que nouveaux feux me jette et nouveaux dards[5],
Qu'il se dépite, et pis qu'il pourra fasse[6] :

Car je suis tant navrée[7] en toutes parts
Que plus en moi une nouvelle plaie,
Pour m'empirer, ne pourrait trouver place[8].

---

1. **Coutumières (à)** : habituées (à).
2. **Maintes** : de nombreuses.
3. **Piteux regards** : regards compatissants. **Célestes lumières** : lumières des cieux (métaphore renvoyant aux yeux de l'amant, qui apparaissent comme des soleils).
4. **Du cœur transi ô passions premières, / Estimez-vous croître encore mes peines ?** : De mon cœur paralysé, ô mes premières passions, / Croyez-vous (pouvoir) augmenter encore mes peines ?
5. **Que nouveaux feux me jette et nouveaux dards** : Qu'il [Amour] jette sur moi de nouveaux feux et de nouveaux dards (de nouvelles piqûres) ?
6. **Qu'il se dépite, et pis qu'il pourra fasse** : Qu'il se fâche et agisse de la pire façon possible.
7. **Navrée** : blessée, profondément attristée.
8. **Que plus en moi une nouvelle plaie, / Pour m'empirer, ne pourrait trouver place** : Qu'en moi aucune nouvelle plaie, / Pour empirer (mon état), ne pourrait plus trouver de place.

IV

Depuis qu'Amour cruel empoisonna
Premièrement de son feu ma poitrine,
Toujours brûlai[1] de sa fureur divine,
Qui un seul jour mon cœur n'abandonna[2].

Quelque travail, dont assez me donna[3],
Quelque menace[4] et prochaine ruine,
Quelque penser de mort qui tout termine[5],
De rien mon cœur ardent ne s'étonna.

Tant plus qu'Amour nous vient fort assaillir,
Plus il nous fait nos forces recueillir,
Et toujours frais en ses combats fait être[6],

Mais ce n'est pas qu'en rien nous favorise,
Cil qui les Dieux et les hommes méprise,
Mais pour plus fort contre les forts paraître[7].

---

1. **Brûlai** : je brûlai.
2. **Qui un seul jour mon cœur n'abandonna** : Qui n'abandonna jamais mon cœur.
3. **Quelque travail, dont assez me donna** : Quelle que soit la peine, qu'il me donna à l'excès.
4. **Quelque menace** : quelle que soit la menace.
5. **Quelque penser de mort qui tout termine** : Malgré la pensée de la mort, qui met fin à toutes choses.
6. Vers 9-11 : Plus Amour vient nous attaquer avec force (intensité), / Plus il nous fait rassembler nos forces, / Et il nous rend (ainsi) toujours prêts pour ses combats.
7. Vers 12-14 : Mais ce n'est pas qu'il veuille nous favoriser en quoi que ce soit, / Lui (Amour) qui méprise les dieux et les humains. / Mais il nous fait avoir l'air plus fort contre les forts (eux-mêmes).

V

Claire Vénus, qui erres par les Cieux[1],
Entends ma voix qui en plaints chantera[2],
Tant que ta face au haut du Ciel luira,
Son long travail et souci ennuyeux[3].

Mon œil veillant[4] s'attendrira bien mieux,
Et plus de pleurs te voyant jettera[5].
Mieux mon lit mol de larmes baignera,
De ses travaux voyant témoins tes yeux[6].

Donc des humains sont les lassés esprits
De doux repos et de sommeil épris.
J'endure mal[7] tant que le Soleil luit;

Et quand je suis quasi toute cassée[8],
Et que me suis mise en mon lit lassée[9],
Crier me faut[10] mon mal toute la nuit.

---

1. **Claire Vénus, qui erres par les Cieux**: Vénus lumineuse, toi qui erres à travers les cieux. (Dans ce poème, la poétesse s'adresse à Vénus: la déesse de la beauté se confond avec la planète visible dans la nuit.)
2. **En plaints chantera**: chantera des plaintes, des lamentations.
3. **Son long travail et souci ennuyeux**: Sa longue peine et sa passion inquiète.
4. **Veillant**: (resté) éveillé.
5. **Et plus de pleurs te voyant jettera**: Et il [mon œil] versera (d'autant) plus de pleurs en te voyant [Vénus].
6. **Mieux mon lit mol de larmes baignera, / De ses travaux voyant témoins tes yeux**: Il baignera (d'encore plus) de larmes mon lit moelleux, / En voyant tes yeux témoins de ses souffrances.
7. **J'endure mal**: j'endure une épreuve, j'éprouve de la souffrance.
8. **Quasi toute cassée**: presque entièrement brisée.
9. **Lassée**: exténuée, accablée (de fatigue morale ou après une longue résistance).
10. **Crier me faut**: il me faut crier.

VI

Deux ou trois fois bienheureux le retour
De ce clair Astre[1], et plus heureux encore
Ce que son œil de regarder honore[2].
Que celle-là recevrait un bon jour[3],

Qu'elle pourrait se vanter d'un bon tour[4],
Qui baiserait le plus beau don de Flore,
Le mieux sentant que jamais vit Aurore[5],
Et y ferait sur ses lèvres séjour[6] !

C'est à moi seule à qui ce bien est dû,
Pour tant de pleurs et tant de temps perdu ;
Mais, le voyant[7] , tant lui ferai de fête[8],

Tant emploierai de mes yeux le pouvoir,
Pour dessus lui plus de crédit avoir[9],
Qu'en peu de temps ferai grande conquête.

---

1. **Deux ou trois fois bienheureux le retour / De ce clair Astre** : Le retour de l'Astre lumineux (c'est-à-dire de l'Amant) est deux ou trois fois promesse de bonheur. (L'astre est une métaphore de l'être aimé.)
2. **Ce que son œil de regarder honore** : Ce (celle) que son œil [de l'Astre] honore de son regard.
3. **Que celle-là recevrait un bon jour** : Qu'elle vivrait une bonne journée [!]
4. **Un bon tour** : un coup de maître, une action réussie, un exploit.
5. **Qui baiserait le plus beau don de Flore, / Le mieux sentant que jamais vit Aurore** : (Celle) qui embrasserait la rose, / La plus parfumée qui jamais ne vit le jour.
6. **Et y ferait sur ses lèvres séjour** : Et qui demeurerait un moment sur ses lèvres.
7. **Le voyant** : en voyant celui-ci (cet Astre ou l'Amant).
8. **Tant lui ferai de fête** : je l'accueillerai avec tant d'empressement.
9. **Tant emploierai de mes yeux le pouvoir, / Pour dessus lui plus de crédit avoir** : J'emploierai tant le pouvoir de mes yeux, / Pour avoir sur lui plus d'influence.

VII

On voit mourir toute chose animée
Lors que du corps l'âme subtile part[1].
Je suis le corps, toi la meilleure part:
Où es-tu donc, ô âme bien-aimée?

Ne me laissez par si long temps[2] pâmée[3],
Pour me sauver après viendrais[4] trop tard.
Las! ne mets point ton corps en ce hasard:
Rends-lui sa part et moitié estimée[5].

Mais fais, Ami[6], que ne soit dangereuse
Cette rencontre et revue amoureuse[7],
L'accompagnant[8], non de sévérité,

Non de rigueur, mais de grâce amiable[9],
Qui doucement me rende ta beauté,
Jadis cruelle, à présent favorable[10].

---

1. **Lors que du corps l'âme subtile part**: Lorsque l'âme insaisissable quitte le corps.
2. **Par si long temps**: durant si longtemps.
3. **Pâmée**: évanouie, sans connaissance.
4. **Viendrais**: tu viendrais.
5. **Moitié estimée**: (sa) précieuse moitié.
6. **Fais**: fais en sorte. **Ami**: (mon) ami, (mon) bien-aimé.
7. **Que ne soit dangereuse / Cette rencontre et revue amoureuse**: que cette rencontre et retrouvaille amoureuse / Ne soit (pas) dangereuse.
8. **L'accompagnant**: en l'accompagnant.
9. **Amiable**: aimable, bienveillante, affectueuse.
10. **Favorable**: agréable.

VIII

Je vis, je meurs; je me brûle et me noie;
J'ai chaud extrême en endurant froidure[1];
La vie[2] m'est et trop molle et trop dure;
J'ai grands ennuis[3] entremêlés de joie.

Tout à un coup[4] je ris et je larmoie[5],
Et en plaisir maint grief tourment j'endure[6];
Mon bien s'en va, et à jamais il dure;
Tout en un coup je sèche et je verdoie[7].

Ainsi Amour inconstamment[8] me mène;
Et quand je pense avoir plus de douleur,
Sans y penser je me trouve hors de peine.

Puis quand je crois ma joie être certaine
Et être au haut de mon désiré heur[9],
Il me remet en mon premier malheur.

---

1. **En endurant froidure**: en supportant le froid.
2. Prononcer en deux syllabes (diérèse): « vi/e ».
3. **Ennuis**: souffrances, tourments (sens plus fort qu'aujourd'hui).
4. **Tout à un coup**: tout en même temps.
5. **Je larmoie**: je pleure.
6. **Et en plaisir maint grief tourment j'endure**: Et dans le plaisir j'endure un tourment très douloureux.
7. **Je verdoie**: je fleuris.
8. **Inconstamment**: avec inconstance, d'une manière changeante.
9. **Heur**: bonheur.

IX

Tout aussitôt que je commence à prendre
Dans le mol lit le repos désiré,
Mon triste esprit, hors de moi retiré,
S'en va vers toi incontinent[1] se rendre.

Lors m'est avis que dedans mon sein tendre
Je tiens le bien où j'ai tant aspiré,
Et pour lequel j'ai si haut soupiré
Que de sanglots ai souvent cuidé fendre[2].

Ô doux sommeil, ô nuit à moi heureuse !
Plaisant repos, plein de tranquillité,
Continuez toutes les nuits mon songe ;

Et si jamais ma pauvre âme amoureuse
Ne doit avoir de bien en vérité[3],
Faites au moins qu'elle en ait en mensonge[4].

---

1. **Incontinent** : aussitôt, immédiatement.
2. Vers 5-8 : Alors il me semble que je garde, dans mon cœur tendre / Le bonheur que j'ai tant convoité / Et pour lequel j'ai soupiré si haut, / Que j'ai souvent pensé me briser avec tant de sanglots.
3. **En vérité** : dans la réalité.
4. **En mensonge** : par l'imagination.

X

Quand j'aperçois ton blond chef[1], couronné
D'un laurier vert[2], faire un luth si bien plaindre[3]
Que tu pourrais à te suivre contraindre
Arbres et rocs[4]; quand je te vois orné,

Et, de vertus dix mille environné,
Au chef d'honneur plus haut que nul atteindre[5],
Et des plus hauts les louanges éteindre[6],
Lors dit mon cœur en soi passionné[7]:

Tant de vertus qui te font être aimé,
Qui de chacun te font être estimé,
Ne te pourraient aussi bien faire aimer[8]?

Et, ajoutant à ta vertu louable
Ce nom encor de m'être pitoyable,
De mon amour doucement t'enflammer[9]?

---

1. **Ton blond chef**: ta tête blonde.
2. **Laurier vert**: référence probable à Apollon, dont le laurier est le symbole, un arbre consacré aux triomphes (guerriers), aux chants et à la poésie.
3. **Si bien plaindre**: si bien sortir des sons plaintifs.
4. **Tu pourrais à te suivre contraindre / Arbres et rocs**: tu pourrais contraindre à te suivre / Les arbres et les rochers. (Référence à Orphée, poète de la mythologie grecque qui, par son chant et sa lyre, a le pouvoir d'animer les arbres et les rochers.)
5. **Au chef d'honneur plus haut que nul atteindre**: Arrivé au plus haut degré de l'honneur, plus haut que personne ne puisse accéder.
6. **Et des plus hauts les louanges éteindre**: Et faire taire les louanges des plus grands.
7. **Dit mon cœur en soi passionné**: mon cœur passionné se dit en lui-même.
8. **Tant de vertus qui te font être aimé, / [...] / Ne te pourraient aussi bien faire aimer?**: Tant de vertus qui font que l'on t'aime / [...] / Ne pourraient-elles pas te faire aussi aimer (quelqu'un)?
9. Vers 12-14: Et, s'ajoutant à ta remarquable vertu, / La réputation d'être en plus sensible à mon encontre / (Ne pourrait-elle pas) t'enflammer, doucement, de mon amour?

XI

Ô doux regards, ô yeux pleins de beauté,
Petits jardins pleins de fleurs amoureuses
Où sont d'Amour les flèches dangereuses,
Tant à vous voir mon œil s'est arrêté[1] !

Ô cœur félon[2], ô rude[3] cruauté,
Tant tu me tiens de façons rigoureuses[4],
Tant j'ai coulé de larmes langoureuses[5],
Sentant[6] l'ardeur de mon cœur tourmenté !

Doncques[7], mes yeux, tant de plaisir avez,
Tant de bons tours par ces yeux recevez ;
Mais toi, mon cœur, plus les vois s'y complaire[8],

Plus tu languis, plus en as de souci[9].
Or devinez si je suis aise aussi,
Sentant mon œil être à mon cœur contraire[10].

---

1. **Tant à vous voir mon œil s'est arrêté** : Mon œil s'est tant attardé à vous regarder.
2. **Félon** : cruel, terrible, traître.
3. **Rude** : brutale.
4. **Tant tu me tiens de façons rigoureuses** : Tu me retiens tant par tes manières sévères.
5. **Tant j'ai coulé de larmes langoureuses** : J'ai tellement versé de larmes mélancoliques.
6. **Sentant** : en sentant.
7. **Doncques** : donc.
8. **Plus les vois s'y complaire** : plus tu [mon cœur] les vois [mes yeux] se complaire dans les siens.
9. **Plus en as de souci** : plus tu as de tourment (sens fort de « souci »).
10. **Or devinez si je suis aise aussi / Sentant mon œil être à mon cœur contraire** : Maintenant devinez si moi aussi j'ai du plaisir. / Lorsque je sens mon œil être contraire à mon cœur. (Opposition entre le plaisir que prend l'œil de l'amante à regarder l'amant et la souffrance qui déchire son cœur.)

Arrêt sur lecture 2

Pour comprendre l'essentiel

Le genre du sonnet

1 Dites en quelle langue est écrit le premier sonnet du recueil et essayez d'en donner une explication.

2 Décrivez la forme poétique des premiers poèmes du recueil (strophes, mètre des vers, système des rimes).

3 Montrez que ces sonnets (I-XI) sont aussi des poèmes lyriques. Relevez, dans cet ensemble, les marques de l'expression, voire de l'exaltation du sujet poétique : la première personne, le « ô » lyrique, la modalité exclamative, enfin le motif du luth.

La représentation de l'être aimé

4 Précisez dans quels poèmes de cette section (sonnets I à XI) la poétesse s'adresse directement à l'être aimé et notez dans quels autres sonnets il est fait référence à celui-ci.

5 Indiquez quels sonnets au sein de cet ensemble (I-XI) rappellent le genre du blason et expliquez comment l'être aimé y est représenté. Puis montrez que Louise Labé ne donne jamais une image précise de son amant, en justifiant votre réponse.

6 Repérez de quelle manière certains poèmes peignent à la fois l'être aimé et l'amante.

L'expression de la souffrance amoureuse

7 Montrez comment, dans cette section, la poétesse fait entrer le lecteur dans son intimité. Intéressez-vous aux indications spatio-temporelles des sonnets V et IX, ainsi qu'aux expressions renvoyant à l'intériorité.

8 Repérez les sonnets qui traitent directement du thème de l'amour. Relevez notamment l'allégorie à laquelle il est associé, ainsi que les champs lexicaux des sentiments ou sensations qu'il fait naître chez le sujet poétique.

9 Dites en quoi ces poèmes sont empreints d'un certain pathétique. Montrez que l'amour est présenté par Louise Labé comme un sentiment paradoxal et douloureux, jusqu'à faire envisager la mort.

✔ *Rappelez-vous !*

• **Un sonnet** est un **poème de forme fixe**, apparu au XIVe siècle en Italie (**Pétrarque**) et en vogue à la Renaissance. Il est composé de quatorze vers : deux quatrains, suivis de deux tercets (ou un sizain). Cette structure rend saillants deux moments clés : la ***volta*** (la charnière ou le tournant) marque le passage des quatrains aux tercets, au 9e vers ; le ***concetto* ou la chute** renvoie à la pointe finale, marquante ou inattendue, au(x) dernier(s) vers.

• **Un blason** est un poème de forme libre, qui **célèbre une partie du corps de l'être aimé** (« Ô beaux yeux bruns [...] », sonnet II de Louise Labé). Cette mode inaugurée au début du XVIe siècle n'a cessé d'inspirer les poètes amoureux des siècles suivants.

Vers l'oral du Bac

Sonnet VIII, « Je vis, je meurs », p. 48

➔ *Montrez comment, dans ce sonnet proche d'une complainte, la poétesse exprime la puissance et la variété des sentiments amoureux.*

Conseils pour la lecture à voix haute

– Identifiez d'emblée la forme poétique, la structure du poème et le type de vers – en comptant le nombre de syllabes des premiers vers et en faisant attention aux -e. Marquez par une certaine solennité les deux moments clés que sont la *volta* (vers 9) et la chute finale (➡ voir « Rappelez-vous ! », p. 53).

– Après avoir repéré l'organisation et le type de rimes, mettez en valeur la musicalité du poème. Respectez la ponctuation et veillez aux allitérations en dentales ou en [R], traduisant la souffrance, et aux assonances en [i].

– Soulignez le rythme binaire du poème : faites entendre les effets de balancement créés par la juxtaposition et la coordination, et par les nombreux parallélismes et antithèses. Travaillez bien la fluidité d'ensemble.

– Cette complainte amoureuse déploie différentes tonalités, notamment lyrique et pathétique. Soulignez ces différentes émotions.

Explication linéaire du texte

Introduction

Avec les sonnets qui forment le cœur des *Poésies*, Louise Labé s'inscrit dans la lignée du poète italien Pétrarque en s'inspirant de son *Canzoniere* (1374): ce recueil, composé de plus de trois cents sonnets, diffusera cette forme poétique à travers l'Europe de la Renaissance, associée à un art d'aimer et à une esthétique du chant amoureux que l'on nommera «pétrarquisme». Le célèbre sonnet VIII de Louise Labé («Je vis, je meurs...») en témoigne. Celui-ci présente une forme traditionnelle, avec quatorze décasyllabes, répartis en deux quatrains, suivis de deux tercets, et un système rimique de type ABBA ABBA CDC CDD.
Dans ce poème où la première personne est omniprésente, la poétesse exprime ses émotions, qui apparaissent comme extrêmes et contradictoires, avant d'en expliciter la source. Comment, dans ce sonnet proche d'une complainte, la poétesse exprime-t-elle la puissance et la variété des sentiments amoureux? Nous suivrons le mouvement du poème dans lequel se détachent les deux quatrains, puis les deux tercets: l'apparition d'un «je» déchiré par des sentiments contradictoires (v. 1-8), puis l'évocation de l'amour sous l'angle de la passion et du désordre affectif (v. 9-14).

Explication guidée

I. Vers 1-8: Un «je» déchiré par des sentiments contradictoires

a. Montrez comment, dès le premier vers de la première strophe, l'accent est mis sur la première personne du singulier. Quel est l'effet produit par l'absence de marques de genre?

b. Quelle figure de style structure l'ensemble de la première strophe? Pour chaque vers, indiquez ce qu'elle évoque. Développez quelles sensations et quels sentiments envahissent le sujet poétique.

c. Comment le second quatrain (v. 5-8) est-il structuré? Intéressez-vous d'abord aux répétitions, puis montrez que la figure de style déployée dans le premier quatrain réapparaît ici. Quel est l'effet produit?

d. Quelle vision du temps et de la vie est suggérée dans ce second quatrain, notamment aux vers 7 et 8? Quelles sont les tonalités dominantes dans ce premier mouvement ? Intéressez-vous notamment au choix du lexique.

II. Vers 9-14 : La passion comme désordre

a. Au vers 9 (la *volta*), qui devient sujet et qui devient objet ?

b. En quoi retrouve-t-on une opposition entre les vers 10 et 11 ? Que révèle-t-elle sur l'état de l'amante ?

c. Quelles figures observez-vous dans le dernier tercet ? En quoi celui-ci crée-t-il un effet de chute (*concetto*) ?

Conclusion

Ce sonnet trouve son originalité dans son énonciation féminine, quoique les marques de genre soient effacées, et dans la manière sensuelle, virtuose, de représenter l'amour. De multiples sensations et sentiments y sont exprimés, rendant compte d'une douleur extrême. Si les deux premières strophes taisent la source de tant de maux, le lecteur n'est pas dupe : c'est bien l'Amour, tout-puissant, qui en est la cause, révélée lors du passage aux tercets. Il s'agit pour l'amante d'une expérience subie à la fois dans la joie et dans le désespoir : elle est envahie par des émotions intenses et contradictoires. Louise Labé s'approprie donc un *topos* (lieu commun) hérité de Pétrarque, celui de l'amour passion, avec son style fulgurant, son regard singulier et intimiste, sensuel et intellectuel. Loin d'être autocentré, le lyrisme élégiaque déployé dans sa poésie ouvre la complainte à un chant universel et atemporel. En effet, partant du thème amoureux, la poétesse suggère une vision de l'existence humaine, dont elle déplore le caractère éphémère et changeant. La vision de l'instabilité des sentiments, comme en creux la représentation du temps qui fuit (*tempus fugit*), rappellent enfin la roue de fortune latine et les vanités de la peinture renaissante et classique. Le poème revêt ainsi des accents pré-baroques, comme si l'Amour rappelait à la poétesse, et la poétesse au lecteur : *memento mori*, « souviens-toi que tu vas mourir ».

Question de grammaire

Faites l'analyse du mot « inconstamment » (v. 9), en observant sa formation.

XII

Luth, compagnon de ma calamité,
De mes soupirs témoin irréprochable,
De mes ennuis contrôleur[1] véritable,
Tu as souvent avec moi lamenté[2];

Et tant le pleur piteux t'a molesté
Que, commençant quelque son délectable,
Tu le rendais tout soudain lamentable,
Feignant le ton que plein avait chanté[3].

Et si te veux efforcer au contraire[4],
Tu te détends et si me contrains taire[5]:
Mais me voyant tendrement soupirer,

Donnant faveur à ma tant triste plainte[6],
En mes ennuis me plaire suis contrainte[7]
Et d'un doux mal douce fin espérer.

---

1. **Contrôleur**: secrétaire, personne tenant les comptes.
2. **Tu as souvent avec moi lamenté**: Tu t'es souvent lamenté avec moi.
3. Vers 5-8: Mes pleurs pitoyables t'ont tellement malmené / Que, lorsque tu commençais un chant sur un mode joyeux, / Tu le rendais soudain sur un ton langoureux, / Le transposant de majeur en mineur.
4. **Et si te veux efforcer au contraire**: Et si je veux te forcer à faire le contraire (c'est-à-dire à passer du mode mineur au mode majeur, à retrouver un son joyeux).
5. **Si me contrains taire**: ainsi tu me contrains à me taire.
6. **Donnant faveur à ma tant triste plainte**: En favorisant ma plainte si triste.
7. **En mes ennuis me plaire suis contrainte**: Je suis contrainte de me complaire dans mes tourments.

XIII

Oh ! si j'étais en ce beau sein ravie[1]
De celui-là pour lequel vais mourant[2] ;
Si avec lui vivre le demeurant
De mes courts jours ne m'empêchait envie[3] ;

Si m'accolant, me disait[4] : Chère Amie,
Contentons-nous l'un l'autre[5], s'assurant
Que jà tempête, Euripe, ni courant[6],
Ne nous pourra déjoindre en notre vie[7] ;

Si, de mes bras le tenant accolé,
Comme du lierre est l'arbre encercelé[8],
La mort venait, de mon aise envieuse[9],

Lors que souef plus il me baiserait[10],
Et mon esprit sur ses lèvres fuirait[11],
Bien je mourrais[12], plus que vivante, heureuse.

---

1. **Ravie** : ici, transportée (participe passé du verbe « ravir »).
2. **De celui-là pour lequel vais mourant** : [Le sein] de celui pour lequel je meurs.
3. **Si avec lui vivre le demeurant / De mes courts jours ne m'empêchait envie** : Si celui-ci ne freinait pas mon envie de vivre avec lui le reste de mes courts jours (d'existence).
4. **Si m'accolant, me disait** : si, en me serrant contre lui, il me disait.
5. **Contentons-nous l'un l'autre** : rendons-nous heureux l'un l'autre.
6. **Jà tempête, Euripe, ni courant** : désormais ni la tempête, ni l'Euripe, ni le courant. (L'Euripe est un détroit en mer Égée, célèbre pour ses violents courants.)
7. **Ne nous pourra déjoindre en notre vie** : Ne pourra nous séparer durant notre vie.
8. **Comme du lierre est l'arbre encercelé** : Comme l'arbre est encerclé par le lierre.
9. **De mon aise envieuse** : jalouse de mon bonheur.
10. **Lors que souef plus il me baiserait** : Tandis qu'il m'embrasserait d'autant plus doucement.
11. **Fuirait** : s'enfuirait, s'échapperait (métaphore de la mort).
12. **Bien je mourrais** : je mourrais vraiment.

XIV

Tant que mes yeux pourront larmes épandre[1]
À l'heur passé avec toi regretter,
Et qu'aux sanglots et soupirs résister
Pourra ma voix, et un peu faire entendre[2];

Tant que ma main pourra les cordes tendre
Du mignard luth[3], pour tes grâces chanter[4];
Tant que l'esprit se voudra contenter
De ne vouloir rien fors que toi[5] comprendre,

Je ne souhaite encore point mourir.
Mais, quand mes yeux je sentirai tarir[6],
Ma voix cassée, et ma main impuissante,

Et mon esprit en ce mortel séjour
Ne pouvant plus montrer signe d'amante,
Prierai la mort noircir[7] mon plus clair jour.

---

1. **Épandre**: répandre.
2. Vers 2-4: À regretter le bonheur passé avec toi. / Et [tant] que ma voix pourra résister aux sanglots et soupirs / Et se faire un peu entendre.
3. **Mignard**: gracieux, charmant. **Luth**: instrument à cordes, symbole de la poésie lyrique.
4. **Tes grâces chanter**: chanter tes grâces (tes vertus, tes qualités).
5. **Rien fors que toi**: rien excepté toi.
6. **Quand mes yeux je sentirai tarir**: quand je sentirai mes yeux ne plus verser de larmes.
7. **Prierai la mort noircir**: je prierai la mort de noircir.

XV

Pour le retour du Soleil honorer,
Le Zéphir l'air serein lui appareille,
Et du sommeil l'eau et la terre éveille,
Qui les gardait, l'une de murmurer

En doux coulant, l'autre de se parer
De mainte fleur de couleur nonpareille[1].
Jà les oiseaux ès arbres font merveille,
Et aux passants font l'ennui modérer[2];

Les nymphes jà en mille jeux s'ébattent
Au clair de lune, et dansant l'herbe abattent[3].
Veux-tu, Zéphir, de ton heur me donner,

Et que par toi toute me renouvelle[4]?
Fais mon Soleil devers moi retourner[5],
Et tu verras s'il ne me rend plus belle.

---

1. Vers 2-6: Le Zéphyr donne au soleil l'air serein / Et éveille l'eau et la terre du sommeil / Qui les empêchait, l'une [l'eau] de murmurer, / En s'écoulant doucement, l'autre [la terre] de se recouvrir / De nombreuses fleurs, (chacune) d'une couleur incomparable.
2. **Aux passants font l'ennui modérer**: égayent un peu les hôtes de passage.
3. **Dansant l'herbe abattent**: en dansant, [les nymphes] foulent l'herbe.
4. **Veux-tu, Zéphyr, de ton heur me donner, / Et que par toi toute me renouvelle?**: Veux-tu, Zéphyr, me donner (un peu) de ton bonheur, / Et faire que par toi, je me renouvelle tout entière?
5. **Fais mon Soleil devers moi retourner**: Fais que mon Soleil (mon Amant) retourne auprès de moi.

XVI

Après qu'un temps la grêle et le tonnerre
Ont le haut mont de Caucase[1] battu,
Le beau jour vient, de lueur[2] revêtu.
Quand Phébus a son cerne fait en terre,

Et l'Océan il regagne à grand'erre;
Sa sœur se montre avec son chef pointu[3].
Quand quelque temps le Parthe a combattu,
Il prend la fuite et son arc il desserre[4].

Un temps t'ai vu et consolé plaintif,
Et défiant de mon feu peu hâtif[5];
Mais maintenant que tu m'as embrasée,

Et suis[6] au point auquel tu me voulais,
Tu as ta flamme en quelque eau arrosée,
Et es plus froid qu'être je ne soulais[7].

---

1. **Caucase**: chaîne de montagnes séparant l'Europe et l'Asie.
2. **Lueur**: lumière peu intense.
3. Vers 4-6: Quand le Soleil a tracé son cercle de lumière sur la Terre / Et qu'il rejoint l'Océan à toute allure / Sa sœur (la Lune) se montre avec sa face pointue. (Allusion à la venue de la nuit.)
4. **Quand quelque temps le Parthe a combattu, / Il prend la fuite et son arc il desserre**: Une fois que le soldat parthe a combattu un certain temps / Il prend la fuite et tend son arc. (On disait que les Parthes, après une défaite, battaient en retraite en se retournant pour décocher leurs flèches contre leurs ennemis.)
5. **Un temps t'ai vu et consolé plaintif, / Et défiant de mon feu peu hâtif**: Il y a peu de temps, je t'ai vu te plaindre et je t'ai consolé, / Et tu soupçonnais alors ma passion d'être trop tiède.
6. **Et suis**: Et (que) je suis.
7. **Tu as ta flamme en quelque eau arrosée, / Et es plus froid qu'être je ne soulais**: Tu as arrosé ta flamme avec un peu d'eau, / Et tu es plus froid que je l'ai été.

XVII

Je fuis la ville, et temples, et tous lieux
Esquels[1], prenant plaisir à t'ouïr plaindre[2],
Tu pus, et non sans force, me contraindre
De[3] te donner ce qu'estimais le mieux.

Masques, tournois, jeux me sont ennuyeux,
Et rien sans toi de beau ne me puis peindre[4];
Tant que, tâchant à[5] ce désir éteindre,
Et un nouvel objet faire à mes yeux[6],

Et des pensers amoureux me distraire[7],
Des bois épais suis[8] le plus solitaire.
Mais j'aperçois, ayant erré maint tour[9],

Que si je veux de toi être délivre[10],
Il me convient hors de moi-même vivre;
Ou fais encor que loin sois en séjour[11].

---

1. **Esquels** : dans lesquels.
2. **Prenant plaisir à t'ouïr plaindre** : quand je prenais plaisir à t'écouter te plaindre.
3. **Contraindre de** : contraindre à.
4. **Rien sans toi de beau ne me puis peindre** : sans toi, je ne peux me représenter rien de beau.
5. **Tâchant à** : tâchant de.
6. **Un nouvel objet faire à mes yeux** : [de] trouver un nouvel objet (de désir) pour mes yeux.
7. **Des pensers amoureux me distraire** : de me détourner des préoccupations amoureuses.
8. **Suis** : je suis.
9. **Mais j'aperçois, ayant erré maint tour** : Mais je comprends, m'étant beaucoup égarée moi-même.
10. **Délivre** : délivrée.
11. **Ou fais encor que loin sois en séjour** : Ou bien, fais en sorte que je séjourne loin (de toi).

XVIII

Baise m'encor[1], rebaise-moi et baise ;
Donne m'en un[2] de tes plus savoureux,
Donne m'en un de tes plus amoureux :
Je t'en rendrai quatre plus chauds que braise.

Las ! te plains-tu[3] ? Çà, que ce mal j'apaise[4],
En t'en donnant dix autres doucereux[5].
Ainsi, mêlant nos baisers tant heureux,
Jouissons-nous l'un de l'autre à notre aise.

Lors double vie à chacun en suivra.
Chacun en soi et son ami vivra[6].
Permets m'Amour[7] penser quelque folie :

Toujours suis mal, vivant discrètement,
Et ne me puis donner contentement
Si hors de moi ne fais quelque saillie[8].

---

1. **Baise m'encor** : embrasse-moi encore.
2. **Donne-m'en un** : donne-moi un baiser.
3. **Las ! te plains-tu ?** : misérable ! de quoi te plains-tu ?
4. **Çà, que ce mal j'apaise** : ah ! (fasse) que j'apaise ce mal.
5. **Doucereux** : doux, agréables.
6. **Lors double vie à chacun en suivra. / Chacun en soi et son ami vivra** : Alors une vie double pour chacun en découlera. / Chacun vivra en lui-même et en son ami (amant).
7. **Permets m'Amour** : permets-moi, Amour, (de).
8. **Et ne me puis donner contentement / Si hors de moi ne fais quelque saillie** : Et je ne puis me donner de joie / Si je ne m'échappe (pas) quelquefois de moi-même.

XIX

Diane[1] étant en l'épaisseur d'un bois,
Après avoir mainte bête assénée[2],
Prenait le frais[3], de Nymphes couronnée[4].
J'allais rêvant, comme fais mainte fois[5],

Sans y penser, quand j'ouïs[6] une voix
Qui m'appela, disant : Nymphe étonnée,
Que ne t'es-tu vers Diane tournée ?
Et, me voyant sans arc et sans carquois[7] :

Qu'as-tu trouvé, ô compagne[8], en ta voie[9],
Qui de ton arc et flèches ait fait proie[10] ?
– Je m'animai, réponds-je, à un passant[11],

Et lui jetai en vain toutes mes flèches
Et l'arc après ; mais lui, les ramassant
Et les tirant, me fit cent et cent brèches[12].

---

1. **Diane** : déesse de la chasse, dans la mythologie romaine.
2. **Avoir sur mainte bête assénée** : avoir beaucoup abattu de bêtes.
3. **Prenait le frais** : prenait l'air, respirait la fraîcheur de l'air.
4. **De Nymphes couronnée** : entourée de nymphes.
5. **Comme fais mainte fois** : comme je le fais souvent.
6. **J'ouïs** : j'entendis.
7. **Carquois** : étui pour les flèches.
8. **Compagne** : amie.
9. **En ta voie** : sur ton chemin.
10. **Qui de ton arc et flèches ait fait proie** : Qui ait été la proie de ton arc et de tes flèches.
11. **Je m'animai, réponds-je, à un passant** : J'ai attaqué, répondis-je, un hôte de passage.
12. **Cent et cent brèches** : des centaines de blessures (qui ouvrent le corps).

L'amour et ses représentations

Pâris Bordone,
Les Amants vénitiens, 1525,
huile sur toile, Pinacoteca di Brera,
Milan (Italie). ➡ Voir p. 79.

Camille Claudel, *La Valse*,
1889-1895, bronze,
Neue Pinakothek, Munich
(Allemagne). ➡ Voir p. 79.

Robert Doisneau,
Le Baiser de l'Hôtel de Ville, 1950,
photographie. ➡ Voir p. 79.

Diane et Vénus, deux figures féminines de la mythologie

Anonyme
(école de Fontainebleau),
Diane chasseresse,
v. 1550, huile sur toile,
musée du Louvre, Paris.
➡ Voir p. 80.

Artémis chasseresse,
dite *Diane de Versailles*,
d'après Léocharès
(IIe siècle av. J.-C.),
sculpture, musée
du Louvre, Paris.
➡ Voir p. 80.

Giorgione, *Vénus endormie*, v. 1510, huile sur toile, Gemäldegalerie Alte Meister, Dresde (Allemagne). ➡ Voir p. 80.

Véronèse, *Vénus et Adonis*, 1580, huile sur toile, musée du Prado, Madrid (Espagne). ➡ Voir p. 80.

Odilon Redon, *La Naissance de Vénus*, 1912, huile sur toile, Museum of Modern Art, New York (États-Unis). ➡ Voir p. 80.

Les femmes et la musique au Moyen Âge et à la Renaissance

Tenture dite de *La Dame à la licorne*, « L'ouïe », v. 1484-1500, tapisserie de laine et de soie, musée national du Moyen Âge-Thermes et hôtel de Cluny, Paris.

➡ Voir p. 80.

Bartolomeo Veneto, *Femme jouant du luth*, 1530, huile sur panneau, J. Paul Museum, Los Angeles (États-Unis).

➡ Voir p. 80.

XX

Prédit me fut que devait fermement
Un jour aimer celui dont la figure
Me fut décrite ; et sans autre peinture
Le reconnus quand vis premièrement[1].

Puis le voyant aimer fatalement[2],
Pitié je pris[3] de sa triste aventure,
Et tellement je forçai ma nature,
Qu'autant que lui aimai ardentement[4].

Qui n'eût pensé qu'en faveur devait croître
Ce que le Ciel et destins firent naître[5] ?
Mais quand je vois si nubileux apprêts[6],

Vents si cruels et tant horrible orage,
Je crois qu'étaient les infernaux arrêts
Qui de si loin m'ourdissaient ce naufrage[7].

---

1. Vers 1-4 : Il me fut prédit que celui dont la figure me fut décrite devait un jour tomber amoureux passionnément. Et sans d'autre peinture [que celle-ci], / Je le reconnus dès la première fois que je le vis.
2. **Le voyant aimer fatalement** : en le voyant aimer, conformément à la prédiction.
3. **Pitié je pris** : je pris pitié, j'eus pitié.
4. **Qu'autant que lui aimai ardentement** : Que de la même manière qu'il l'avait fait, je me mis à aimer ardemment.
5. **Qui n'eût pensé qu'en faveur devait croître / Ce que le Ciel et destins firent naître ?** : Qui n'aurait pas pensé qu'à cette occasion / Ce que le Ciel et la destinée firent naître devait inévitablement croître ?
6. **Mais quand je vois si nubileux apprêts** : Mais quand je vois s'annoncer tant de nuages.
7. **Je crois qu'étaient les infernaux arrêts / Qui de si loin m'ourdissaient ce naufrage** : Je crois que les enfers avaient décrété cela / Et qu'ils me préparaient depuis longtemps ce naufrage.

XXI

Quelle grandeur rend l'homme vénérable[1] ?
Quelle grosseur ? quel poil ? quelle couleur ?
Qui est des yeux le plus emmielleur ?
Qui fait plus tôt une plaie incurable ?

Quel chant est plus à l'homme convenable ?
Qui plus pénètre en chantant sa douleur ?
Qui un doux luth fait encore meilleur[2] ?
Quel naturel est le plus amiable[3] ?

Je ne voudrais le dire assurément,
Ayant Amour forcé mon jugement[4] ;
Mais je sais bien, et de tant je m'assure[5],

Que tout le beau que l'on pourrait choisir,
Et que tout l'art qui aide la Nature,
Ne me sauraient accroître mon désir[6].

---

1. **Vénérable** : respectable, digne.
2. Vers 3-7 : Qui est, par ses yeux, le plus charmeur ? / Qui provoque, le plus vite, une plaie qui ne peut être soignée ? / Quel chant convient le mieux à l'homme ? / Qui, en chantant sa douleur, parvient à la connaître davantage ? / Qui fait encore mieux qu'un doux luth ?
3. **Amiable** : aimable.
4. **Je ne voudrais le dire assurément, / Ayant Amour forcé mon jugement** : Je ne voudrais (pas) le dire en me montrant trop sûre de moi. / Amour ayant contraint mon jugement.
5. **De tant je m'assure** : de tout cela je deviens (ou suis) sûre.
6. **Ne me sauraient accroître mon désir** : Sont impuissants à augmenter mon désir.

XXII

Luisant Soleil, que tu es bienheureux
De voir toujours de t'Amie[1] la face !
Et toi, sa sœur[2], qu'Endymion[3] embrasse,
Tant te repais[4] de miel amoureux !

Mars voit Vénus ; Mercure[5] aventureux
De Ciel en Ciel, de lieu en lieu se glace ;
Et Jupiter remarque en mainte place[6]
Ses premiers ans plus gais et chaleureux[7].

Voilà du Ciel la puissante harmonie,
Qui les esprits divins ensemble lie[8] ;
Mais, s'ils avaient ce qu'ils aiment lointain[9],

Leur harmonie et ordre irrévocable
Se tournerait en erreur variable[10],
Et comme moi travailleraient en vain[11].

---

1. **T'Amie** : ton amie.
2. **Sa sœur** : la sœur du soleil (la lune).
3. **Endymion** : berger, l'un des amants de Séléné (la déesse de la lune), dans la mythologie grecque.
4. **Tant te repais** : tu te rassasies de tant de. **Miel** : douceur, plaisir (métaphore).
5. Allusions à la mythologie romaine. **Mars** : dieu de la guerre. **Vénus** : déesse de l'amour et de la beauté féminine. Selon la légende, Vénus et Mars sont amants. **Mercure** : dieu du commerce, des voyages, messager des autres dieux.
6. **En mainte place** : en de nombreux endroits.
7. **Ses premiers ans plus gais et chaleureux** : (Le souvenir de) ses premières années, plus gaies et chaleureuses.
8. **Qui les esprits divins ensemble lie** : Qui unit ensemble les esprits divins.
9. **S'ils avaient ce qu'ils aiment lointain** : s'ils avaient (près d'eux) ce qu'ils aiment de loin.
10. **Erreur variable** : parcours imprévisible, source d'erreur.
11. **Travailleraient** : souffriraient.

XXIII

Las ! que me sert que si parfaitement
Louas jadis et ma tresse dorée,
Et de mes yeux la beauté comparée
À deux Soleils, dont Amour finement

Tira les traits causes de ton tourment[1] ?
Où êtes-vous, pleurs de peu de durée ?
Et Mort par qui devait être honorée
Ta ferme amour et itéré serment[2] ?

Doncques c'était le but de ta malice[3]
De m'asservir sous ombre de service[4] ?
Pardonne-moi, Ami, à cette fois[5],

Étant outrée et de dépit et d'ire[6] ;
Mais je m'assur', quelque part que tu sois,
Qu'autant que moi tu souffres de martyre[7].

---

1. Vers 1-5 : Hélas ! À quoi cela me sert / Que tu aies autrefois loué, avec tant de perfection, à la fois ma tresse dorée / Et la beauté de mes yeux, comparée / À deux Soleils, dont Amour, par ruse, / Tira les flèches, causes de ton tourment ?
2. Et Mort par qui devait être honorée / Ta ferme amour et itéré serment ? : Et [où êtes-vous], (la) Mort, par laquelle / Ton amour durable et ton serment renouvelé devaient être honorés ?
3. Malice : ruse ou stratagème (malfaisant).
4. De m'asservir sous ombre de service : De m'asservir sous couvert de devoir. (Sans doute une référence implicite au devoir rendu à la Dame par son amant dans l'amour courtois, ici inversée : c'est la poétesse qui est asservie par son amant.)
5. À cette fois : pour cette fois.
6. Outrée et de dépit et d'ire : révoltée à la fois par le dépit et la colère.
7. Mais je m'assur', quelque part que tu sois, / Qu'autant que moi tu souffres : Mais je suis sûre que, où que tu sois, / Autant que moi, tu souffres.

XXIV

Ne reprenez[1], Dames[2], si j'ai aimé,
Si j'ai senti mille torches ardentes,
Mille travaux[3], mille douleurs mordantes,
Si en pleurant j'ai mon temps consumé,

Las ! que mon nom n'en soit par vous blâmé.
Si j'ai failli, les peines sont présentes[4].
N'aigrissez point leurs pointes violentes ;
Mais estimez qu'Amour, à point nommé,

Sans votre ardeur d'un Vulcan excuser[5],
Sans la beauté d'Adonis accuser[6],
Pourra, s'il veut, plus vous rendre amoureuses

En ayant moins que moi d'occasion,
Et plus d'étrange et forte passion[7].
Et gardez-vous d'être plus malheureuses[8].

---

1. **Ne reprenez** : ne me reprenez pas ou ne me critiquez pas.
2. La poétesse s'adresse ici aux « Dames », ses lectrices, et aux femmes en général.
3. **Travaux** : souffrances.
4. **Si j'ai failli, les peines sont présentes** : Si j'ai manqué à mon devoir, les souffrances (en punition) sont (bien) présentes.
5. **Sans votre ardeur d'un Vulcan excuser** : Sans (comme Vénus) justifier votre passion (pour un autre) à cause de la laideur de votre mari (Vulcain).
6. **Sans la beauté d'Adonis accuser** : Sans excuser votre faute par la beauté de votre amant (comparable à celle d'Adonis, amant d'Aphrodite, équivalent grec de Vénus).
7. **Pourra, s'il veut, plus vous rendre amoureuses / En ayant moins que moi d'occasion, / Et plus d'étrange et forte passion** : [Amour] pourra vous rendre plus amoureuses (que moi), / D'une passion si forte qu'elle vous rende étrangères à vous-mêmes, / Alors même que vous aurez moins que moi de raison de l'être.
8. **Gardez-vous d'être plus malheureuses** : Évitez d'être plus malheureuses (que moi).

Sonnet attribué à Louise Labé
SONNET DE LA BELLE CORDIÈRE

Las ! cettui jour, pourquoi l'ai-je dû voir[1],
Puisque ses yeux allaient ardre mon âme ?
Doncques, Amour, faut-il que par ta flamme
Soit transmué notre heur en désespoir[2] !

Si on savait d'aventure[3] prévoir
Ce que vient lors, plaints, poinctures et blâmes[4] ;
Si fraîche fleur évanouir son bâme[5]
Et que tel jour fait éclore tel soir ;

Si on savait la fatale puissance,
Que vite aurais échappé sa présence !
Sans tarder plus, que vite l'aurais fui[6] !

Las, Las ! que dis-je ? Ô si pouvait renaître
Ce jour tant doux[7] où je le vis paraître,
Oisel[8] léger, comme j'irais à lui !

---

1. **Cettui jour, pourquoi l'ai-je dû voir [?]** : ce jour-là, pourquoi ai-je dû le voir [?].
2. **Soit transmué notre heur en désespoir !** : (Que) notre bonheur soit transformé en désespoir !
3. **D'aventure** : par hasard.
4. **Ce que vient lors, plaints, poinctures et blâmes** : Ce qui vient alors, plaintes, blessures et reproches.
5. **Si fraîche fleur évanouir son bâme** : Lorsque la fleur fraîchement éclose dissipe son parfum.
6. Vers 9-11 : Si on connaissait le pouvoir fatal (de l'amour) / À quelle vitesse j'aurais évité sa présence ! / Sans plus tarder, à quelle vitesse je l'aurais fui !
7. **Si pouvait renaître / Ce jour tant doux** : s'il pouvait renaître / Ce jour si doux.
8. **Oisel** : oiseau.

Arrêt sur lecture 3

Pour comprendre l'essentiel

Le chant poétique ou la musique du cœur : le symbole du luth

1 Montrez de quelle manière la voix de la poétesse est présente dans chaque sonnet de cette section (p. 57-70). Prouvez qu'elle est aussi adressée à des « destinataires » en faisant la liste de ceux-ci.

2 Dites à quel objet s'adresse la poétesse dans le sonnet XII et quelle image elle en donne. Indiquez dans quels poèmes de cette section (p. 57-70) on trouve aussi cette référence. Puis, montrez l'importance pour la poétesse d'exprimer son amour par le chant, la musique ou la voix.

3 Déduisez des réponses précédentes la tonalité dominante dans cette section. Trouvez ensuite par quels procédés certains de ces sonnets se rapprochent du chant (rythme, musicalité, anaphores…).

Une poésie du corps

4 Dites quels sonnets associent l'amour au printemps. Justifiez votre choix.

5 Relevez les poèmes qui sont particulièrement sensuels. Puis, montrez que la poétesse envisage alors l'amour sous l'angle du désir et du corps.

6 Montrez en quoi cette section déploie la tonalité pathétique, en évoquant la souffrance amoureuse. Indiquez quels sonnets font apparaître la menace de la mort. Relevez-en le champ lexical.

Une voix humaniste

7 Relevez les poèmes de cette section qui font référence à la mythologie et précisez à travers quelles figures. Montrez qu'ils témoignent de l'humanisme de la poésie de Louise Labé.

8 Expliquez de quelle manière certains sonnets se rapprochent d'une leçon ou d'une éducation à l'amour. Indiquez chaque fois à qui le discours sur l'amour est destiné et quel en est le contenu.

9 Dites quelle vision ces poèmes donnent de l'existence humaine. Puis relevez leurs accents tragiques, qui annoncent le courant baroque.

✔ *Rappelez-vous !*

• **Le lyrisme** est, depuis l'Antiquité, **lié à la poésie et à la musique:** la **lyre** est l'instrument d'Apollon, dieu des arts, et d'Orphée, poète et musicien, mais aussi des muses qui les inspirent. Il s'agit ensuite d'une tonalité, exprimant une sensibilité passionnée, en lien avec des thèmes privilégiés (l'amour, la fuite du temps…). La poésie de Louise Labé est à dominante lyrique.

• **L'allégorie** est une **figure de style** reposant sur l'analogie. Il s'agit d'une **représentation concrète et directe d'une idée abstraite**, d'un sentiment ou d'un principe. C'est le cas de Cupidon, allégorie de l'amour, souvent représenté sous la forme d'un ange, avec des ailes, tirant une flèche avec un arc.

Vers l'oral du Bac

Sonnet XXIV, « Ne reprenez, Dames », p. 69

➔ *Montrez que, dans ce sonnet, Louise Labé propose aux femmes une leçon sur l'amour en partageant son expérience personnelle.*

Conseils pour la lecture à voix haute

– Identifiez d'emblée le type de vers, la forme et la structure du poème. Veillez aux différents mouvements du poème : le contenu de ce sonnet bouscule légèrement la traditionnelle répartition entre quatrains, d'un côté, et tercets, de l'autre.

– Observez l'énonciation : incarnez la voix de la poétesse, qui s'exprime à la première personne et s'adresse directement à son public.

– Mettez en valeur la musicalité et le rythme du poème – notamment le rythme binaire, qui donne l'impression d'un balancement. Repérez les anaphores ou répétitions, qui créent des effets de rythmes (v. 1-2-4-6 « Si j'ai », v. 2-3 « Mille » suivi d'un nom, v. 9-10 « Sans... »).

– Faites entendre la tonalité lyrique (et élégiaque) déployée dans ces vers (v. 5 « Las ! »), tout en soulignant les passages plus didactiques, qui mettent en garde les lectrices contre l'amour.

Explication linéaire du texte

Introduction

Le sonnet XXIV, de forme traditionnelle, est le dernier du recueil original. Le « Sonnet de la Belle Cordière », attribué à Louise Labé, a été placé à la fin des éditions posthumes. La poétesse prend ici congé des lecteurs, plus précisément des lectrices, auxquelles elle s'adresse directement. Comme dans toute son œuvre, la poétesse assume une énonciation personnelle et une empreinte autobiographique. En effet, elle revient sur son vécu amoureux, pour réclamer l'indulgence de son lectorat. Nous verrons comment, dans ce poème, Louise Labé, en partageant son expérience personnelle, propose aux femmes une leçon ambiguë sur l'amour. Nous suivrons le mouvement du texte : d'abord l'évocation des souvenirs amoureux et l'appel à l'indulgence féminine (v. 1-7) ; puis la mise en garde ambiguë vis-à-vis de l'amour, à laquelle ce partage d'expérience donne lieu (v. 8-14).

■ *Explication guidée*

I. Vers 1-7 : Souvenirs amoureux et appel à l'indulgence féminine

a. Au vers 1, à qui la poétesse s'adresse-t-elle ? Quel est le mode du verbe et qu'indique-t-il ? Quel thème est d'emblée introduit à la fin de ce premier vers ?

b. Aux vers 2-3, quelle vision l'amante donne-t-elle de l'amour ? Analysez les figures de style. Quelle est la tonalité dominante ?

c. Au vers 4, quel jugement la poétesse porte-t-elle sur son expérience ? Observez notamment le terme avec lequel rime le dernier mot de cette première strophe.

d. Comment les vers 5 et 7 expriment-ils la modalité injonctive ? Quel est l'effet produit ? Que demande la poétesse ?

e. Au vers 6, la conjonction « si » a-t-elle la même valeur qu'aux vers 1, 2 et 4 ? Quelle tonalité retrouve-t-on ici ?

II. Vers 8-14 : Une leçon ambiguë vis-à-vis de l'amour

a. Au vers 8, quel terme marque une rupture ? Montrez qu'un nouveau mouvement commence ici, en analysant le verbe employé (mode, sémantisme) et l'allégorie.

b. Aux vers 9 et 10, qu'évoquent les figures mythologiques mentionnées ? Comment le parallélisme et les verbes rendent-ils présent le thème de la justification, et à quel sujet ? En quoi la poétesse sollicite-t-elle directement les lectrices dans ce tercet ?

c. Aux vers 12 et 13, relevez l'antithèse : sur quoi la poétesse attire-t-elle l'attention ?

d. En quoi le dernier vers crée-t-il une impression de chute ? Par l'étude des phrases composant le second mouvement, montrez que la poétesse fait évoluer sa leçon en une invitation paradoxale à être heureuse en amour.

Conclusion

Ce sonnet se présente au premier abord comme un poème lyrique proche d'une complainte, qui n'hésite pas à envisager l'amour avec un certain *pathos* (pitié). D'emblée, la poétesse s'adresse aux « Dames », pour réclamer leur indulgence à son égard. Cet appel à la bienveillance se mêle à un avertissement contre les dangers de l'amour, qu'elle présente comme une émotion imprévisible, voire irrépressible, dont chacune peut être victime. Ce dernier poème fait ainsi écho au premier du recueil, dans lequel elle se dépeignait en belle insensible, subissant malgré elle la vengeance de Cupidon (élégie I). La poétesse invite les femmes à réfléchir à leur propre vision de l'amour, sans faux-semblant, et à s'envisager comme des êtres de sentiment, des amantes en puissance.

Mais, curieusement, le poème laisse aussi transparaître une défense de l'amour, comme si la poétesse amante assumait *in fine* d'avoir succombé à la passion. La mise en garde qui parcourt le texte s'infléchit en conseil empathique, qui vient clore le recueil de manière paradoxale par une exhortation à aimer, dans la joie et le plaisir. Louise Labé explicite ainsi l'un des enjeux du recueil, au moment où il se termine : la plongée dans le souvenir amoureux est aussi une offrande aux lecteurs, et le partage d'expérience indissociable d'une invitation à aimer et à vivre, à réfléchir, voire à écrire. Car, comme elle l'annonce dès la préface, « en écrivant, nous retrouvons le plaisir passé qu'avons eu ».

Question de grammaire

Faites l'analyse grammaticale de la phrase suivante : « que mon nom n'en soit par vous blâmé » (v. 5).

Arrêt sur l'œuvre

Des questions sur l'ensemble de l'œuvre

Des « formes » poétiques à l'œuvre

1 Observez les trois formes poétiques/littéraires présentes dans l'ensemble du recueil et définissez-les. Ensuite, identifiez la tonalité qui domine chaque ensemble.

2 Montrez en quoi Louise Labé respecte les codes du sonnet. Pour répondre, observez la disposition des strophes, le système des rimes et le mètre des vers.

3 Après avoir rappelé la définition du blason en poésie, prouvez que certains poèmes du recueil s'en rapprochent. Expliquez ensuite de quelle manière Louise Labé se démarque de la tradition.

Le lyrisme amoureux

4 Montrez que la poétesse s'engage personnellement dans le recueil : après avoir remarqué l'omniprésence de la première personne, cherchez les quelques marques du féminin. Étudiez enfin la manière dont l'être aimé est sollicité (notamment par les apostrophes).

5 Développez la vision de l'amour, extrême et ambivalente, qui se dégage de l'œuvre. Intéressez-vous également à la figure de l'amante, qui dépasse la simple posture de victime de l'amour.

6 Montrez que le lyrisme apparaît à travers le thème du chant et la présence symbolique des instruments de musique, en particulier du luth. Relevez les procédés par lesquels la poétesse déploie un véritable chant amoureux.

L'œuvre assumée d'une femme

7 Louise Labé donne une place majeure aux femmes dans son œuvre. Relevez d'abord les adresses aux femmes, depuis la lettre jusqu'au dernier sonnet, ainsi que les figures mythologiques féminines évoquées.

8 Dans ce recueil, le désir se dit au féminin. En vous appuyant sur le lexique et les images, étudiez la sensualité dont sont empreints les poèmes de Louise Labé.

9 Montrez que la vision du monde qui transparaît dans certains poèmes annonce le mouvement baroque naissant (➡ voir Fiche 2, p. 89).

Activités d'appropriation

1. Faire une recherche sur les poétesses et femmes artistes du Moyen Âge au XVIIIe siècle.

Vous effectuerez une recherche sur la place des femmes dans le monde artistique durant cette période. Vous pouvez privilégier une époque précise (seulement le Moyen Âge, le XVIe siècle de Louise Labé ou le Siècle des lumières, par exemple).

Choisissez votre support: dossier manuscrit ou numérique, exposé oral, blog, carte mentale illustrée d'images. Veillez à le rendre dynamique, agréable à lire ou à suivre.

2. Réaliser un exposé sur une figure mythologique liée à l'amour

Sélectionnez une figure mythologique dans *Poésies* de Louise Labé ou dans une autre œuvre littéraire. Vous pouvez choisir :
– une figure précise (par exemple, Cupidon);
– un couple légendaire d'amants (Orphée et Eurydice, Psyché et Amour...);
– une scène, un récit de la mythologie (par exemple, Mars et Vénus surpris par Vulcain).

Après avoir effectué des recherches sur Internet et au CDI, présentez le personnage et indiquez ses attributs et ses fonctions. Sélectionnez soigneusement des iconographies (peintures, sculptures...) le représentant et analysez-les.

Organisez votre recherche sur un support librement choisi : dossier numérique, exposé oral avec Powerpoint®, blog, carte mentale illustrée d'images (exemples : Thinkmapping® ou Coggle® pour un travail collaboratif).

3. Rédiger une lettre engagée

Prenez position sur l'œuvre de Louise Labé à travers une lettre engagée.

Renseignez-vous au sujet du débat sur l'existence de Louise Labé et son œuvre : s'agit-il d'une authentique poétesse ou d'une créature de papier ?

Afin de relever des arguments soit pour, soit contre l'idée d'une imposture littéraire, relisez d'abord la fiche « Louise Labé en 12 dates », p. 88, puis réalisez une recherche complémentaire sur cette poétesse, en vous aidant des références indiquées dans la partie « Fenêtres sur... », p. 144.

Enfin, rédigez une lettre pour défendre l'œuvre de Louise Labé. Vous vous adresserez directement à ses détracteurs, en défendant l'idée qu'elle est une véritable poétesse et une auteure reconnue à l'époque.

Vous pourrez aussi faire des hypothèses sur cette théorie de l'imposture : ne s'agirait-il pas de dévaloriser l'œuvre d'une femme poète ?

Enfin, vous exprimerez en quoi ses poèmes vous ont personnellement touché(e).

4. Écrire un poème sentimental

Imaginez que vous êtes le ou la destinataire des sonnets de Louise Labé. À votre tour, rédigez un poème sentimental, d'hommage, d'amitié ou d'amour.

Relevez ce qui donne de l'émotion aux poèmes de Louise Labé ou à d'autres poèmes du premier groupement de textes (p. 102-109) : tonalités, rythmes, lexique, images, antithèse... Inspirez-vous de ceux-ci et reprenez certains de ces procédés afin de rendre votre texte poétique.

Prolongements artistiques et culturels

Portraits de femmes à la Renaissance

➡ Images reproduites au verso de la couverture, en début d'ouvrage.

1. Indiquez quelle femme est représentée dans chacune de ces œuvres et comment : observez le support choisi (peinture, gravure, sculpture), la pose du modèle, sa coiffure, sa parure et son vêtement, son regard...

Pour le tableau de Léonard de Vinci, faites une recherche sur Internet pour identifier le modèle et l'animal qui l'accompagne : que peut-il symboliser ?

L'amour et ses représentations

➡ Images reproduites en page I du cahier photos.

2. Comment ces trois œuvres d'art illustrent-elles l'harmonie amoureuse ? Observez bien l'arrière-plan du tableau (*Les Amants vénitiens*) et de la photographie de Robert Doisneau : comment analysez-vous la troisième figure dans l'ombre de la peinture ? Quel contraste apparaît sur la photographie, entre le couple central et la foule autour ?

Diane et Vénus, deux figures féminines de la mythologie

➡ **Images reproduites en pages II-III du cahier photos.**

3. Sélectionnez l'une des figures mythologiques féminines évoquées dans l'œuvre de Louise Labé et faites une recherche sur Internet sur celle-ci : Vénus, Diane, Phébé (la Lune), Médée, Œnone…

4. Choisissez une représentation artistique de Diane ou de Vénus, dans le cahier photos, p. II-III ou sur Internet, puis décrivez-la : comment est-elle mise en valeur par l'artiste ?

Les femmes et la musique au Moyen Âge et à la Renaissance

➡ **Images reproduites en page IV du cahier photos.**

5. Observez *La Dame à la licorne*. Quel est le cadre choisi et en quoi est-il merveilleux ? Qui peuvent être les figures féminines ? Quel instrument est représenté ?

6. Montrez que la poésie lyrique est associée au chant et à la musique, à partir d'un instrument qui la symbolise : la lyre ou le luth. Dans votre carnet de lecture ou sous la forme d'un exposé, faites une recherche sur l'un de ces deux instruments.

– **La lyre** : Qu'est-ce qu'une lyre ? Intéressez-vous ensuite à ses origines mythologiques. De qui est-elle l'attribut ?

– **Le luth** : Qu'est-ce qu'un luth ? Quelles sont les origines de cet instrument ? À quel siècle est-il particulièrement en vogue ? Rappelez l'importance de cet instrument symbolique dans l'œuvre de Louise Labé. Décrivez l'œuvre représentant une joueuse de luth dans le cahier photos, p. IV. Cherchez enfin sur Internet un tableau montrant un joueur de luth.

Les vanités : la représentation du temps qui passe

➡ Images reproduites au verso de la couverture, en fin d'ouvrage.

7. D'où vient le terme « vanité » ? Que signifie-t-il ? En quoi s'agit-il également d'un genre pictural ?

8. Observez *Vanité ou Jeune femme à sa toilette*, de Nicolas Régnier. Comment la figure féminine est-elle représentée ? Quels éléments symboliques sont présents ? Quelle interprétation peut-on faire de ce tableau ?

9. Observez la peinture sur verre *Vanité* : quels objets ou éléments symboliques met-elle en avant ? Décrivez et analysez cette œuvre.

10. Cherchez sur Internet d'autres vanités dans l'art du XXe ou du XXIe siècle. Comment renouvellent-elles le genre ?

Lectures cursives

Les Plus Beaux Poèmes d'amour, anthologie présentée par Marie-Anne Jost, Librio, « Poésie », 2021.

Cette anthologie offre une sélection de poèmes du Moyen Âge au XXe siècle, classés par ordre chronologique, qui célèbrent l'amour sous toutes ses formes : amour de jeunesse ou de maturité, relation platonique ou passionnée, amour lointain ou courtois, rêve ou folie d'amour, rencontre ou séparation, exaltation ou manque... Autant d'étapes ou de vécus amoureux, donnant lieu tantôt à un chant lyrique, tantôt à une plainte élégiaque, dans des formes poétiques variées (chanson, lai, ballade, sonnet, élégie, stances...).
Vous y croiserez des couples d'amoureux mythiques, imaginaires ou réels, comme Tristan et Iseut, Louis Aragon et Elsa, ainsi que les amours de grands poètes (Charles d'Orléans, Victor Hugo, Alfred de Musset ou Charles Baudelaire) ou de grandes poétesses (Marie de France, Christine de Pizan ou Marceline Desbordes-Valmore).

■ ***Blasons anatomiques du corps féminin*, anthologie présentée par Julien Goeury, Flammarion, « GF », 2016.**

Cette anthologie réédite un recueil du XVIe siècle (1543), centré sur la « forme-sens » du blason, poème décrivant une partie du corps de l'être aimé. C'est le poète Clément Marot qui, en composant son poème en l'honneur du « tétin d'une humble demoiselle » et en collectant cet ensemble de blasons pour le publier, a inauguré ce « genre ».
Il lance alors un phénomène de mode sans précédent, en plein cœur de la Renaissance française : de nombreux poètes proches de la cour de François Ier s'adonnent à ce jeu à la fois poétique et érotique, détaillant le corps féminin, des cheveux jusqu'au pied. Ici, le regard est effectivement masculin, celui de poètes donnant à voir la femme aimée, désirée ou rejetée, qu'elle soit réelle ou imaginaire.
Cette anthologie est organisée en deux parties : les blasons (I), poèmes de célébration ; les contre-blasons (II), poèmes tournant en dérision les membres du corps humain, veine satirique du genre.

■ ***Je voudrais tant que tu te souviennes. Poèmes mis en chansons de Rutebeuf à Boris Vian*, anthologie sous la direction de Sophie Nauleau, Gallimard, « Poésie », 2013.**

« La chanson escorte nos saisons, nos pensées et nos pas. En sourdine, *mezza voce* ou à tue-tête, et pas qu'aux heures perdues, la chanson entête. Du berceau à la tombe, elle est l'unique voix dont on ne se départ pas. La seule qui ne faiblisse pas. Qu'on la fredonne, la sifflote, la chantonne, l'époumone, la trahisse ou la taise, toujours on y revient : on la bisse, on la terce, jamais on ne l'oublie », écrit Sophie Nauleau. Cette anthologie présente des chanteurs contemporains qui interprètent des poèmes de toutes les époques.

■ **Marie de France, *Lais* [XIIe siècle], Gallimard, « Folio classique », 2020.**

Marie de France (1160-1210) occupe une place privilégiée dans la littérature du Moyen Âge : première femme de lettres d'Occident à écrire en langue « vulgaire » et première poétesse dont la postérité ait retenu le nom.
Son œuvre se situe à la rencontre de deux grands courants littéraires de l'époque : la poésie lyrique des troubadours ou des trobairitz (femmes troubadours) et les vieux contes celtiques. Composés au XIIe siècle, ces *Lais* sont des poèmes narratifs et lyriques, proches de nouvelles en vers,

qui s'inspirent des légendes bretonnes pour raconter des histoires d'amour et de mort, souvent mêlées de merveilleux. Les *Lais* séduisent ainsi par leur mélange entre récit d'aventures et voix lyrique : l'aventure y prend le visage de l'amour, vécu comme une expérience initiatique. Glorifiant un amour idéal, dans un cadre chevaleresque, Marie de France appartient à la seconde génération des auteurs qui ont déployé l'idéal de l'amour courtois (ou *fin'amor*).

■ Pierre de Ronsard, *Les Amours et autres poèmes* [XVIe siècle], Le Livre de Poche, « Classiques », 2021.

Certainement le poète le plus emblématique et populaire de la Renaissance, Pierre de Ronsard (1524-1585) est surnommé « prince des poètes et poète des princes ». Sa vie et son œuvre témoignent de l'évolution de la France du XVIe siècle, de l'humanisme aux guerres de Religion, de l'idéal de bonheur renaissant au désespoir devant les « misères de [son] temps ». Il lance à sa génération un défi : réinventer les lettres françaises et en particulier la poésie, qui doivent atteindre une place comparable à celle des littératures antiques ou italienne. Il compose une œuvre à la fois lyrique et philosophique, poétique, épique et engagée, qui est d'abord celle d'un poète amoureux. Les différents livres des *Amours* chantent Cassandre, une femme aimée dès le premier regard, tout autant qu'une représentation idéale de la femme : car la froideur de celle-ci plonge l'amant dans un abîme de douleurs… Mais quoi de plus fécond pour le poète qu'un amour non réciproque ? C'est l'occasion rêvée de rivaliser avec son maître, Pétrarque, et son *Canzoniere* (1374), tout en retrouvant l'inspiration épicurienne du *carpe diem*. À travers des centaines de sonnets, Ronsard chante ainsi les beautés et les rigueurs de la Dame, devenue la Muse, dont le visage change au cours de sa vie : Cassandre, Marie puis Hélène. Cette célébration de l'amour se double d'une méditation sur le temps qui passe ou *tempus fugit* (➡ voir au verso de la couverture, en fin d'ouvrage) et offre finalement des leçons de sagesse.

■ Marceline Desbordes-Valmore, *Poésies* [XIXe siècle], Gallimard, « Folio Plus Lycée », 2021.

Marceline Desbordes-Valmore (1786-1859) se fait d'abord connaître comme comédienne et chanteuse, avant de devenir poétesse et romancière. Surnommée « Notre-Dame-des-Pleurs » en référence aux nombreux drames qui jalonnèrent sa vie et inspirèrent son œuvre, elle est l'une des premières figures de la poésie romantique française. Grande poétesse et amoureuse, son œuvre chante l'amour et le désir au féminin, dans toutes leurs variations, avec un penchant pour le lyrisme élégiaque. Cette anthologie en témoigne, dans des poèmes mélancoliques remarquables pour leur grâce et leur profonde émotion. Car le chant d'amour fait souvent entendre une plainte, il exprime la douleur du manque et de la séparation, la conscience du temps qui passe et la peur de la mort à venir: « Vivre et mourir au même lieu; / Dire au revoir; jamais adieu. »

Carnet de lecture

Recherchez ce qu'est une anthologie (ou un florilège), en vous aidant de l'étymologie.
Consultez l'une des anthologies proposées en lecture cursive p. 81-82: *Les Plus Beaux Poèmes d'amour, Blasons anatomiques du corps féminin* ou *Je voudrais tant que tu te souviennes*.
Puis réalisez votre propre anthologie poétique.

Méthode

Étape 1. Choisissez le thème de votre anthologie: des blasons? des poèmes évoquant un coup de foudre, une déclaration d'amour ou une rupture amoureuse? Vous pouvez choisir un autre thème, traditionnel ou plus original. Exemples: le voyage, les saisons, le temps, l'enfance, un animal, un objet...

Étape 2. Recherchez des auteurs, poèmes ou/et chansons autour de ce thème (sur Internet, dans un recueil de poésies...). Lisez plusieurs poèmes: certains vont retenir votre attention, par leur style, leur manière singulière d'envisager le thème... Sélectionnez entre six et dix pièces.

Étape 3. Déterminez la forme de votre recueil: version papier ou version numérique, carte mentale... Choisissez un titre pour votre anthologie. Classez les poèmes selon un ordre logique (alphabétique, chronologique ou thématique). Pour plus de clarté, vous pouvez ajouter un sommaire.
Présentez chaque poème ou chaque poète/poétesse dans une courte introduction (titre, auteur/auteure, recueil source, date de publication, quelques indications sur le poète/la poétesse, le contexte d'écriture ou encore l'époque).

Étape 4. Pour la couverture et pour chaque poème ou chaque page, choisissez une illustration. Précisez-en le titre, l'auteur et la date. En quoi cette image peut-elle entrer en dialogue avec ce poème ? Consultez le cahier photos et les images au verso de la couverture de cet ouvrage pour vous donner des idées. Vous pouvez aussi réaliser votre propre illustration.

Étape 5. Faites-vous l'éditeur/éditrice de l'anthologie: rédigez la préface. Il s'agit d'un texte argumentatif qui présente et introduit l'ouvrage, en justifiant la sélection des poèmes et en explicitant son organisation. L'enjeu est de donner envie au lecteur de lire le recueil. Lisez d'abord la préface d'un des ouvrages étudiés en lecture cursive (toute ou par extraits) et repérez ce qu'indique l'auteur ou l'auteure.
Puis, rédigez la préface de votre anthologie, en indiquant son fil conducteur: un thème (ex.: l'amour), une forme (ex.: le blason, le sonnet), un auteur (ex.: une anthologie de poèmes de Pierre de Ronsard), une époque (ex.: une anthologie de poèmes romantiques)...
Défendez l'intérêt de votre sélection: Qu'est-ce qui a motivé le choix de tels poèmes, de tels auteurs, et leur rassemblement ? Explicitez leurs caractéristiques communes ou leur singularité. Donnez votre avis personnel. Vous pouvez vous adresser directement aux lecteurs.

Le tour de l'œuvre en 8 fiches

Sommaire

Louise Labé en 12 dates

On sait très peu de choses de la vie de Louise Labé, qui reste même pour les spécialistes du xvie siècle tissée d'énigmes.

Entre 1516 et 1524	**Naissance de Louise Labé à Lyon.** Son père est fabricant de cordes.
Années 1530	Éducation bourgeoise à Lyon, sans doute au couvent de la Déserte. Elle apprend la broderie et la musique, le latin et l'italien, mais elle est aussi, initiée par son frère, à l'escrime et à l'équitation.
1542	Participation probable au siège de Perpignan, sous le nom de « Capitaine Loys » et en habits de chevalier.
Entre 1540 et 1545	**Mariage avec Ennemond Perrin**, artisan cordier lyonnais. Elle est surnommée « la Belle Cordière ». Vie mondaine, brillante et libre ; fréquentation des beaux esprits.
1552	Premiers sonnets.
1553-1554	Composition de ses *Élégies*. Liaison probable avec le poète Olivier de Magny, séjournant à Lyon. Publication des *Amours* d'Olivier de Magny.
1555	**Première publication des *Œuvres de Louïze Labé Lionnoize*** (par Jean de Tournes), contenant l'épître dédicatoire (préface), le *Débat de Folie et d'Amour*, trois élégies et vingt-quatre sonnets. Cet ensemble est suivi des « Escriz de divers poètes à la louenge de Louize Labé Lionnoize », poèmes la célébrant.
1556	**Seconde édition de ses *Œuvres***.
Entre 1555 et 1560	Mort de son mari.
Années 1560	Épuisement progressif de la vie mondaine lyonnaise, à cause de la peste (1564).
1565	Maladie. Séjour chez son ami Thomas Fortini, un banquier florentin installé à Lyon, à qui elle dicte son testament.
1566	**Mort de Louise Labé à Parcieux, au nord de Lyon.**

Fiche 2

L'œuvre dans son contexte

La Renaissance

Période de renouveau culturel, la Renaissance débute **à la fin du XIVe siècle** en Italie et se diffuse rapidement en Europe, jusqu'à la fin du XVIe siècle. Elle fait naître une véritable **révolution scientifique, intellectuelle et artistique**. Son esthétique se caractérise par un retour aux modèles et aux **thèmes de l'Antiquité**.

L'humanisme

Du latin *humanitas*, « l'humanité », l'humanisme est un **courant de pensée** et un **mouvement culturel** de l'Europe des **XVe et XVIe siècles**. Les « humanistes » sont des penseurs qui placent l'humain « au centre du monde » et des savants qui redécouvrent et traduisent les textes grecs et latins. Ils engrangent **une somme de savoirs et des conceptions nouvelles** sur la morale, la politique, l'éducation. Grâce aux progrès scientifiques et à la découverte du Nouveau Monde, ils envisagent l'Homme dans sa diversité.

L'influence italienne

À la suite des guerres d'Italie, **François Ier amplifie les échanges culturels** avec le pays berceau de la Renaissance et tisse des liens forts avec les **artistes italiens**, dont il achète les œuvres (statues, tableaux) et qu'il invite en France (**Léonard de Vinci**). Les poètes français (Pierre de Ronsard, Louise Labé) s'enthousiasment pour la littérature italienne : ils s'inspirent en particulier du grand maître italien **Pétrarque** et de son recueil *Canzoniere* (➡ voir Fiche 7, p. 98-99).

Le contexte lyonnais

Lyon est, dans la première moitié du XVIe siècle, **une ville prospère et dynamique**, un lieu de passage vers l'Italie et les pays germaniques. Devenu le **foyer culturel** le plus vivant du royaume et la **capitale littéraire**, Lyon exerce jusqu'en 1560 une attraction considérable sur les écrivains français (François Rabelais) et italiens, par sa communauté de poètes (➡ voir Fiche 6, p. 96-97) et par le dynamisme de ses imprimeurs.

L'annonce du baroque

Mouvement culturel et artistique de la fin de la Renaissance, le baroque se développe en Europe dans l'architecture et les arts, jusqu'au XVIIe siècle. Son esthétique privilégiant **le mouvement et le contraste** cherche à surprendre le spectateur, jusqu'à la bizarrerie. Bien que la période de la poésie baroque (1570-1630) soit postérieure à la vie de Louise Labé, on sent déjà cette influence dans son œuvre, par la présence de certains thèmes (l'instabilité, **le temps qui passe**, la mort).

La structure de l'œuvre

La lettre-dédicace : une préface audacieuse

Au seuil du recueil, l'épître, intitulée « Préface », met en valeur le **patronage féminin** de l'œuvre, à travers la dédicace à Mademoiselle Clémence de Bourges, Lyonnaise (« A M.C.D.B.L. »). En s'adressant à cette femme de lettres et poétesse qui fréquentait le même cercle poétique qu'elle, Louise Labé sollicite **plus largement un lectorat féminin**.

Cette lettre contient trois étapes principales. Dans un premier temps, **Louise Labé invite les femmes à l'émancipation intellectuelle**, à la fois avec sérieux et humour. Il est désormais temps d'« employer cette honnête liberté, [...] autrefois tant désirée » (p. 9, l. 4-5), consistant à « apprendre », penser et écrire, et de **s'aventurer dans les domaines jusqu'alors réservés aux hommes** : la science, la pensée et les lettres (la littérature), les « affaires domestiques [autant] que publiques », c'est-à-dire la politique (p. 10, l. 25-26).

Dans un second temps, elle réfléchit à **l'acte d'écriture**. Par le « nous », elle invite la jeune dédicataire à une stimulation mutuelle de leur pensée et de leur savoir-faire. Elle célèbre **l'étude et l'écriture comme seules satisfactions durables** et personnelles, qu'elle inscrit dans une perspective d'initiation féminine et collective.

Dans un dernier temps, **elle défend son œuvre** sous couvert de modestie : certes, « ces jeunesses » n'étaient d'abord pas « autre chose qu'un honnête passe-temps et [un] moyen de fuir oisiveté » (p. 12, l. 63-64), mais ses amis l'ont ensuite convaincue de publier. Elle invite dès lors son amie, et plus largement toutes les femmes, à suivre ses pas, en osant à leur tour **écrire et publier un ouvrage**.

Par cette préface, qui donne au recueil poétique **un cadre didactique**, Louise Labé révèle **un programme pédagogique humaniste**, visant à intégrer les femmes au sein d'une communauté intellectuelle et littéraire. De manière très moderne, **Louise Labé revendique l'égalité des sexes en matière de pensée et de création**.

Les trois élégies : une chronologie du vécu amoureux

Le recueil poétique, à proprement parler, commence par un ensemble de trois élégies : **trois longs poèmes sur le thème de l'amour**, composés chacun d'une centaine de vers. Ils déploient un **lyrisme élégiaque**, proche de la complainte, et ont recours à des références et des figures de style récurrentes, que l'on retrouve dans le reste de l'œuvre.

En s'appuyant sur ses propres « souvenir(s) » (élégie I, v. 23), la poétesse compose **une chronologie**

discontinue du vécu amoureux : après **l'indifférence** juvénile (élégie I), a lieu **l'*innamoramento*** (« coup de foudre »), sous la forme d'une rencontre inattendue avec l'Amour, personnifié en dieu vengeur (élégie I) ou en Cupidon (élégie III). Vient ensuite le déploiement de **la passion** (élégie II), suivi irrémédiablement de **l'abandon** ou de la perte de l'amant, qui fait naître le sentiment de manque et **la souffrance amoureuse** (élégie II).

L'amour est envisagé à travers **des images à la symbolique forte** (le feu, la guerre, la blessure d'une flèche). Les élégies témoignent d'une influence humaniste, via la **référence à des figures de la mythologique antique**, par exemple Médée (élégie III).

La poétesse s'adresse soit **à l'être aimé** ou à l'amour, soit **aux « Dames lyonnaises »** (élégie III, v. 1), pour solliciter leur empathie et les inviter à se méfier de l'amour.

Enfin, dès ces trois premiers poèmes apparaît un autre thème cher à Louise Labé, que l'on retrouvera dans les sonnets, celui de **l'expression de la souffrance amoureuse**, déclinée en trois modes : la voix, le chant, l'écriture. Le **symbole de la lyre** (élégie I), de même que son **autoportrait en auteure** éloquente et renommée (élégie II), révèlent cet enjeu majeur de l'œuvre : comment l'amante se transforme-t-elle en poétesse pour chanter sa douleur ?

Les vingt-cinq sonnets : un recueil amoureux

La partie la plus connue des *Poésies* de Louise Labé est celle des **vingt-cinq sonnets**. En choisissant cette forme poétique (➡ voir Fiche 5, p. 94-95) et en écrivant le premier sonnet en italien, **elle s'inscrit dans l'héritage de Pétrarque** (*Canzoniere*) et dans la vogue française du **recueil de poèmes amoureux**.

Le recueil de Louise Labé compte à l'origine vingt-quatre sonnets (auxquels a été ajouté le « Sonnet de la Belle Cordière », qui lui est attribué). Cet ensemble révèle son **savoir-faire poétique**, jusqu'à la **virtuosité**, et une **originalité liée au point de vue intimiste** de l'amante et à la grande sensualité du texte.

De nombreux jeux d'échos permettent de regrouper ces vingt-cinq sonnets en sous-ensembles, à travers des figures de style communes : le « Ô » lyrique (sonnets II et III), l'**antithèse** (sonnets VII, VIII et IX), des apostrophes récurrentes (à l'amant, à l'amour, au luth ou aux lectrices) ou encore des motifs et thèmes privilégiés (➡ voir Fiche 4, p. 92-93) : **les figures mythologiques** (Vénus et le Soleil, sonnets V, VI, XXII et XXIII ; le printemps personnifié, sonnets XV et XVI ; Diane, sonnet XIX…), **le désir pour l'amant**, dans l'esprit du blason (sonnets II, III, X et XI) ou encore **la mort de l'amante** (sonnets XIII et XIV).

Fiche 4

Les grands thèmes de l'œuvre

Un recueil dédié à l'amour

L'amour est le leitmotiv de l'œuvre de Louise Labé, décliné en de multiples variations : le **premier amour** (élégies I et III), l'évocation du **corps de l'amant** (sonnets II, III et X), le **désir** (sonnet XVIII), la **souffrance amoureuse** (sonnet VIII), le rêve de **tranquillité** (sonnet IX) ou de **renaissance** (sonnet XV), mais aussi la transformation de la douleur en **chant poétique** (élégie I, sonnet XII), enfin la **leçon sur l'amour** (élégies I et III, sonnet XXIV).

Les *Poésies* déploient ainsi **le lexique et les métaphores traditionnelles** de l'amour (Cupidon, le feu…).

Une poésie du corps : l'expression assumée du désir féminin

La poétesse donne toute sa place au **corps** et au **désir** féminin. En effet, ce n'est plus la femme mais l'homme qui devient un objet de désir : les **poèmes proches du blason** célèbrent les charmes de l'amant (« Ô beaux yeux bruns », sonnet II, v. 1). L'œuvre donne ainsi accès à **l'intimité de l'amante** (« dedans mon sein tendre », sonnet IX, v. 5), à ses **sensations**, particulièrement intenses (« J'ai chaud extrême », sonnet VIII, v. 2).

Le **lyrisme amoureux** frappe par sa matière charnelle, depuis l'expression du désir (« Ô chauds soupirs », sonnet II, v. 2), jusqu'à l'invitation au plaisir des sens. Le sonnet XVIII offre **une rêverie érotique**, dans laquelle l'amante prend l'initiative de l'étreinte : « Ainsi mêlant nos baisers tant heureux, / Jouissons-nous l'un de l'autre à notre aise » (v. 7-8). Louise Labé assume donc son statut d'**amoureuse passionnée**. Cette manière de dire le désir au féminin peut être considérée comme osée, voire **transgressive pour l'époque**.

La douleur d'aimer

Dans le recueil, **les champs sémantiques** les plus récurrents, outre celui de l'amour et du désir, sont ceux de la **tristesse** (pleurs, larmes, sanglots, soupirs), de la **souffrance** (mal, calamité, douleurs) et du **danger** (feu, flèches, mort). La **tonalité pathétique** est omniprésente : « Ô cruautés, ô duretés inhumaines » (sonnet III, v. 5). L'amante donne l'impression d'être victime de l'amour, qui est présenté sous les traits de **Cupidon, dieu vengeur** (élégie I) et maître du jeu.

L'amour est **source de sentiments contraires**, d'où la récurrence de l'antithèse dans le recueil : « Je vis, je meurs ; je me brûle et me noie » (sonnet VIII, v. 1-2). Il est envisagé sous l'angle de la passion, d'où la **métaphore omniprésente du feu**, qui consume l'amant(e) délaissé(e) (élégie II, derniers vers). Il s'agit d'une dépossession, d'une fatalité, d'**une forme de violence physique et morale** : « Ô mille morts en mille rets tendues, / Ô pires maux contre moi destinés ! » (sonnet II, v. 7-8). L'amante visualise même son tombeau et son épitaphe, **comme si la mort était la seule issue à la souffrance amoureuse** : « EN LANGUISSANT PAR FEU SUIS CONSUMÉE » (élégie II, v. 102).

La transformation de la souffrance en chant

La poétesse-amante dépasse cette posture de victime de l'amour, **en la sublimant par le chant poétique**. La passion est la **source d'inspiration et de création de l'artiste**, à travers différents modes d'expression : les « **vers** » (élégie I, v. 8) et « carmes » (élégie III, v. 4), la « voix » (élégie I, v. 17) et le chant (élégie I, v. 11 et 15) ; enfin la **musique**, avec la lyre (élégie I, v. 14) et **le luth** (sonnet XII).

Chaque fois, il s'agit d'évoquer **l'art de la poésie, comme capacité à transfigurer la souffrance**. Le sonnet XII peut être lu comme un art poétique, soulignant la quête d'un « son délectable » (v. 6), la difficulté à dépasser la lamentation. En effet, **le chant amoureux** fait souvent entendre **une complainte**, à travers ces cris récurrents : « Las ! » (sonnets XXIII, XXIV et « XXV ») ; « ô » : « Ô longs désirs, ô espérances vaines, / Tristes soupirs et larmes coutumières » (sonnet III, v. 1-2).

Une femme poète : vers une communauté féminine ?

De la dédicace initiale à son amie Clémence de Bourges, femme de lettres, aux nombreuses apostrophes aux « Dames », **Louise Labé s'adresse aux femmes** tout au long de son recueil. Elle réclame d'abord leur bienveillance à l'égard de son passé amoureux : « Ne veuillez point condamner ma simplesse, / Et jeune erreur de ma folle jeunesse » (élégie III, v. 5-6), tout en proposant **un partage de témoignages** (élégie I). Forte de son expérience, **la poétesse livre ses conseils**, en invitant les lectrices à se méfier de l'amour. À la toute fin du recueil, elle leur suggère subtilement d'**accepter de vivre l'amour** et de tâcher d'y trouver le bonheur : « Et gardez-vous d'être plus malheureuses » (sonnet XXIV, v. 14).

Ainsi, non seulement elle assume son double statut d'amante et de poétesse, de femme et d'auteure, mais elle se présente aussi comme **une sorte de guide des femmes**, patronnesse de leurs récits amoureux, mentor ou muse. Dès la préface, **elle exhorte les femmes à s'investir dans « les lettres et sciences »** et déploie un véritable **éloge de l'écriture**, seul plaisir durable, auquel elle invite son amie et les femmes en général. Car, comme elle le déclare dans un autre texte, le *Débat de Folie et d'Amour* : « Le plus grand plaisir qui soit après amour, c'est d'en parler. »

Fiche 5

Les formes poétiques du recueil

L'élégie ou le genre élégiaque

L'élégie, du grec *elegeia*, « chant de deuil », est **une forme poétique de l'Antiquité**. Il s'agit souvent d'« épîtres » (lettres) versifiées, adressées par l'amant délaissé à l'être aimé. À la Renaissance, la lecture des textes anciens (Ovide, par exemple) permet de retrouver la forme antique de l'élégie, mise à la mode par Clément Marot (1496-1544) et diffusée par d'autres poètes, notamment lyonnais. L'élégie est alors **un poème de forme libre**, même si un schéma formel en décasyllabes à rimes plates apparaît dans la poésie française du milieu du XVIe siècle.

Plus qu'une forme poétique, elle devient rapidement **une catégorie de la poésie lyrique**, caractérisée par sa **tonalité élégiaque**. Elle fait entendre une plainte, une lamentation liée à une perte, une absence ou un deuil, et exprime des sentiments douloureux (le manque, la tristesse, la nostalgie) ou encore **un état d'âme mélancolique**.

Les trois élégies de Louise Labé sont en effet des missives plaintives, adressées à deux destinataires différents : l'amant, dont elle déplore l'absence (élégie II), et les « Dames lyonnaises » (élégies I et III), auxquelles elle confie ses souvenirs et ses pensées sur l'amour.

Le sonnet, forme phare du recueil

De l'italien *sonnetto*, « petite chanson », **le sonnet est un genre poétique de forme fixe**, composé de quatorze vers réguliers, répartis en **deux quatrains et deux tercets** (ou un sizain). Il est apparu au XIVe siècle en Italie et s'est diffusé grâce à **Pétrarque et son *Canzoniere*** (1374), recueil de plus de trois cents sonnets lyriques, consacrés à Laure, figure idéale de l'amour. Arrivé en France dans la première moitié du XVIe siècle par l'entremise du poète **Clément Marot**, le sonnet devient une forme poétique **en vogue à la Renaissance**, ce dont témoigne la publication de recueils de vingtaines, voire de centaines de sonnets (Maurice Scève, Pierre de Ronsard, Louise Labé).

Le sonnet devient **un genre très codifié**, par sa structure strophique, par le type de vers le composant (les grands vers pairs ou « nobles » que sont les décasyllabes ou les alexandrins), enfin par la disposition des rimes : les deux quatrains présentent des rimes embrassées (ABBA), tandis que le schéma des tercets varie selon qu'il s'agit de sonnets dits français (CCD EDE) ou italiens (ouverture du sizain en CD, avec une fin variable). Enfin, la structure du sonnet rend saillants deux moments clés: **la *volta*, charnière ou tournant**, en général au neuvième vers, lors du passage des quatrains aux tercets; enfin, **le *concetto* ou la chute**, qui renvoie à la fin marquante ou inattendue du sonnet, souvent sous la forme d'une pointe, dans le second tercet, voire le dernier vers.

Louise Labé respecte les codes du sonnet initié par Pétrarque. À l'exception du premier, rédigé en italien et écrit en vers de onze syllabes, les vingt-quatre autres sonnets sont tous écrits dans la langue française de l'époque et composés de **vers de dix syllabes réguliers**. Quant au schéma rimique, la poétesse respecte l'**alternance des rimes féminines et masculines** et reprend le plus souvent la vogue française: sur ses vingt-cinq sonnets, treize (sonnets II, IV, V, VI, XI...) adoptent la disposition des sonnets de Clément Marot (ABBA ABBA CCD EED); huit (sonnets VII, XIV, XV, XVI...) celle choisie par un autre poète, Peletier du Mans (CCD EDE); enfin, quatre présentent une ouverture du sizain à l'italienne. Cet ensemble révèle **la maîtrise du genre par Louise Labé**, jusqu'à la virtuosité. La poétesse soigne en particulier la *volta* et la chute finale.

Le blason, célébration d'une partie du corps

Le blason est un poème de forme libre, qui **célèbre l'être aimé à travers la description d'une partie de son corps**. Le parti pris est plus thématique que formel, le genre plus ludique que codifié. S'attachant à un détail anatomique du corps (féminin), le poète (masculin) en développe l'éloge dans **un jeu poétique brillant**, visant à démontrer son esprit (ou humour) et sa virtuosité. Né à la Renaissance, le blason est mis à la mode avec l'épigramme du «Beau Tétin» (téton ou sein) de **Clément Marot** (vers 1535). En contrepoint apparaît rapidement le **contre-blason**, qui prend le parti de la satire, de la moquerie (➡ voir l'anthologie *Blasons anatomiques du corps féminin* [1543], dans «Lectures cursives», p. 81).

Contrairement aux blasons de l'époque, tous composés par des hommes et décrivant le corps féminin, **Louise Labé se démarque en évoquant le visage de son amant**, admiré et désiré, en particulier les yeux: «Ô doux regards, ô yeux pleins de beauté» (sonnet XI, v. 1). Elle célèbre aussi d'autres parties du corps: «Ô ris, ô front, cheveux, bras, mains et doigts!» (sonnet II, v. 9), ou encore sa tête: «Quand j'aperçois ton blond chef, couronné» (sonnet X, v. 1). Mais ces éléments sont simplement évoqués, sans être vraiment décrits. **La poétesse fait donc preuve d'originalité** en laissant l'amant – son corps, son visage, son nom – **auréolé de mystère**.

Fiche 6

Les mouvements poétiques au XVIe siècle : l'école lyonnaise et la Pléiade

L'école lyonnaise

Louise Labé écrit à une époque et dans une ville où la production littéraire, en particulier poétique, est intense. **Écrivains et éditeurs se retrouvent dans des cercles littéraires actifs**, où voient le jour, dans les années 1530, les romans de François Rabelais (*Pantagruel* puis *Gargantua*), et dans les années 1540 et 1550, **de nombreux recueils poétiques**.

Louise Labé, qui fréquente les poètes de son temps, autour de l'atelier de **l'imprimeur Jean de Tournes**, appartient à un groupe appelé « **l'école lyonnaise** » (1540-1560). Dans ce cénacle de beaux esprits et de poètes à la production particulièrement féconde, se rencontrent **Maurice Scève** (*Délie*), **Pernette du Guillet** (*Rymes*), **Louise Labé** (*Poésies*) et **Olivier de Magny** (*Amours*). Ceux-ci diffusent le **pétrarquisme** (➡ voir Fiche 7, p. 98-99) dans la poésie française, par la publication de recueil de sonnets (à l'image du *Canzoniere* de Pétrarque) et par la reprise de thèmes et motifs récurrents.

La Pléiade, une constellation poétique

La Pléiade, qui désigne une constellation de sept étoiles dans l'Antiquité, est également le nom donné à **un groupe de sept poètes élégiaques**, qui ont joui d'une grande renommée **dans la Grèce antique** (Alexandrie, au IIIe siècle av. J.-C.). Dans les années 1560, sous l'impulsion de leur professeur de latin et de grec **Jean Dorat**, se forme **un groupe d'humanistes passionnés**, étudiants et érudits, qui veulent lutter contre ce qu'ils nomment le « vilain monstre ignorance ». Les poètes issus de ce groupe prennent le nom de « Pléiade » (1556), en référence aux sept poètes de l'Antiquité. **Pierre de Ronsard**, considéré comme le chef de file du groupe, **Joachim Du Bellay**, mais aussi **Étienne Jodelle, Antoine de Baïf, Jacques Peletier du Mans, Rémy Belleau** et **Pontus de Tyard** composent ce groupe, dont la liste a pu varier au fil des années (et dépasser le nombre de sept).

Si la Pléiade se rapproche davantage d'une **école poétique** que d'un mouvement littéraire, elle s'inscrit plus largement **dans le courant humaniste**, dont elle partage les enthousiasmes et les engagements. S'opposant aux conceptions et pratiques de la poésie médiévale, les auteurs de la Pléiade ont pour modèles les auteurs antiques. L'enjeu est majeur : il s'agit de **donner au français ses lettres de noblesse**.

Défendre et illustrer la langue française

Ces idées sont énoncées dans la ***Défense et Illustration de la langue française***, écrit par **Joachim Du Bellay** et publié en 1549, texte de théorie littéraire de la Renaissance et **sorte de manifeste de la Pléiade**. La publication de ce plaidoyer « visant avant tout à l'invention de la langue française » représente un moment clé de l'Histoire française : dix ans après l'institution du français comme langue officielle (ordonnance de Villers-Cotterêts, 1539), ce texte révèle **la prise de conscience d'une langue et d'une littérature en train de se construire**.

Aux poètes de la Pléiade revient la mission d'« **illustre**r » (au sens étymologique d'« illuminer »), c'est-à-dire de **rendre glorieuse**, élégante et digne **la langue française**, dans des grands textes de référence. Ils prônent une libre imitation de leurs prédécesseurs grecs et latins, mais aussi des auteurs italiens, non pour les reproduire servilement, mais pour s'en nourrir et les dépasser, afin de **faire œuvre originale**.

L'invention de la poésie française

Les poètes de la Pléiade aspirent à créer une langue poétique française, par l'invention de **néologismes** (mots nouveaux), qui peuvent être issus soit du latin ou du grec (en particulier de la mythologie), soit de langues étrangères, soit de dialectes régionaux. Cette transformation du français touche également la structure des phrases et **l'usage de figures de style nouvelles**.

Les formes poétiques sont renouvelées : rejetant la poésie du Moyen Âge et ses formes archaïques à refrain (rondeaux, ballades, virelais, chansons), les poètes de ce cénacle leur préfèrent les formes antiques telles que **l'ode** (poème imité de Pindare et d'Horace), **l'élégie et l'épopée**, et empruntent à la Renaissance italienne celle du **sonnet**, dont ils diffusent et consacrent l'usage.

Enfin, ils partagent **une haute conception de l'inspiration poétique** – la « **fureur** » (*furor*) poétique ou l'« enthousiasme » (dans son sens étymologique). Le poète écrit sous l'effet d'une véritable possession divine : il n'est pas seulement un versificateur, c'est **un messager des dieux**, un visionnaire. Mais l'inspiration doit se doubler d'un travail rigoureux et patient. C'est ainsi que la poésie confère au poète et à ce qu'il chante gloire et immortalité.

Si **Louise Labé** ne se réclame pas de la Pléiade, groupe parisien composé de figures masculines, son œuvre révèle pourtant **une affinité particulière avec ce groupe**. En effet, elle fréquentait le poète Jacques Peletier du Mans, lisait Joachim Du Bellay, Pierre de Ronsard et Pontus de Tyard. Une inspiration, voire une influence mutuelle, est perceptible dans ses *Poésies*. D'une certaine façon, on peut considérer cette poétesse comme **un contrepoint féminin et lyonnais** à la domination poétique de la Pléiade.

Sources et réception de l'œuvre de Louise Labé

L'influence de l'Antiquité : la conception platonicienne de l'amour

On retrouve dans les *Poésies* de Louise Labé, en particulier dans ses élégies, **l'influence des poètes antiques** (Catulle ou Horace, Ier siècle av. J.-C., Ovide et ses *Métamorphoses*, Ier siècle apr. J.-C.) et de la **poétesse Sappho** (➡ voir Groupement de textes 2, p. 111), mais aussi de philosophes, par exemple **Platon**. La conception platonicienne de l'amour (*Le Banquet*, env. 385 av. J.-C.) se diffuse durant la Renaissance : **l'« amour platonique » repose sur l'idée d'une séparation entre le corps et l'âme** ; il s'oppose à l'amour charnel et fait de l'être aimé un idéal de perfection. Dans le sonnet IX, le sommeil rend possible la migration de l'esprit de l'amante vers son bien-aimé. Dans le sonnet VII, on devine le mythe de l'amour androgyne, selon lequel les êtres humains étaient à l'origine formés de deux corps réunis, mâle ou femelle. Zeus, pour punir leur orgueil, les coupa en deux : l'être humain né de cette coupure est en **quête de sa moitié perdue**. Finalement, Louise Labé s'approprie l'influence néoplatonicienne avec une grande liberté, en exprimant un amour qui ne met jamais de côté **sa dimension sensuelle**.

L'influence de la Renaissance italienne : Pétrarque et son *Canzoniere*

Le « pétrarquisme » est un mouvement né de la publication du **recueil poétique *Canzoniere*, de Pétrarque** (1304-1374), au XIVe siècle, qui se diffuse dans l'Europe du XVIe siècle. Le terme renvoie, d'un côté, à la **vision de l'amour développée par ce poète**, qui renouvelle l'héritage médiéval « courtois », par un éloge encore plus idéalisé de la femme aimée ; et, de l'autre, à une imitation de son style raffiné et à **une reprise de certains de ses thèmes** et de ses images.

Le pétrarquisme est à l'origine d'une **nouvelle forme de poésie lyrique dans la France du XVIe siècle**. Les poètes de l'école lyonnaise et de la Pléiade s'inspirent du maître italien pour leurs sonnets amoureux.

L'ensemble formé par les *Élégies* et les *Sonnets* de Louise Labé apparaît ainsi comme **un véritable *canzoniere***. Le sonnet I, par le choix de l'italien, souligne **l'influence de Pétrarque**. Le sonnet VIII, poème des contradictions, relève de l'exercice de style pétrarquiste, de même que le sonnet XVII fait écho au sonnet de Pétrarque *Solo e pensoso* (« Seul et pensif ») et s'approprie sa **quête de la solitude**, propice à l'accueil du tourment amoureux. Un certain nombre de thèmes et d'images des *Poésies* joue enfin avec cet héritage : **la personnification de l'amour** sous les traits de Cupidon (élégie I, sonnet XIX...), **le retour du printemps** (sonnets XV et XVI), **la comparaison de l'être aimé au soleil** (sonnets VI et XV) ou encore **le feu comme image de la passion**.

L'influence des poètes contemporains

Les *Poésies* de Louise Labé révèlent l'influence de certains poètes de son époque, à travers des allusions, par exemple à **Clément Marot**, lorsqu'elle évoque, dans l'élégie I, le mépris juvénile pour le sentiment amoureux et la vengeance d'Amour.

De plus, son œuvre révèle sa lecture des **poètes de la Pléiade** (➡ voir Fiche 6, p. 96-97). Le sonnet VIII s'inspire certes de Pétrarque, mais aussi de **Joachim Du Bellay**, auquel Louise Labé emprunte, dans le sonnet VIII (« Et en plaisir maint grief tourment j'endure », v. 6) un vers extrait de *L'Olive* (1549). **Pierre de Ronsard** est également présent sous la forme de réminiscences : le premier vers du sonnet X (« Quand j'aperçois ton blond chef, couronné ») est une reprise d'un vers des *Amours* (LXVI).

Enfin, un véritable dialogue poétique s'établit entre la poétesse et **Olivier de Magny**, sous la forme d'un jeu de réécriture, illustré notamment par deux de leurs poèmes, aux quatrains identiques (le sonnet II de Louise Labé et le sonnet LV des *Soupirs* de Magny). On observe donc **des jeux d'écho** entre les poésies de Louise Labé et celles de ses contemporains, même si la poétesse s'approprie ces « modèles ».

La réception de l'œuvre de Louise Labé

L'œuvre de Louise Labé a suscité l'enthousiasme d'un certain nombre de ses contemporains. De grands poètes de son époque ont réuni leurs voix pour la célébrer, dans un recueil poétique publié anonymement à la fin de ses *Œuvres*, dès l'édition de 1555 – on y a reconnu notamment Clément Marot et Maurice Scève. Ces ***Escriz de divers poètes, à la louenge de Louïze Labé Lionnoize*** sont composés de vingt-quatre poèmes, comme par symétrie aux sonnets de la poétesse. Ils jouent à la fois un rôle d'**éloge** (« louange ») et de publicité, mais aussi d'éclairage et de jeu littéraire. De genres variés, ils combinent toutes les formes possibles d'hommage.

Aux siècles suivants, et jusqu'à aujourd'hui, **certains vont mettre en doute l'authenticité de son œuvre**, laquelle n'aurait pas été écrite par Louise Labé, mais par des poètes (masculins) de son époque. Pourtant, des auteurs et critiques des XIXe et XXe siècles voient en elle l'une des grandes figures de l'histoire littéraire française : **Marceline Desbordes-Valmore**, en 1833, en fait la muse éponyme d'un long poème de son recueil *Les Pleurs* (➡ voir « Lectures cursives », p. 83), et **Louis Aragon**, un siècle plus tard, lui consacre un poème, en hommage littéraire. Enfin, **Léopold Sédar Senghor**, en 1955, estime que Louise Labé est « la plus grande poétesse qui soit née en France ».

Citations

Poésies de Louise Labé

« Je ne puis faire autre chose que prier les vertueuses Dames d'élever un peu leurs esprits par-dessus leurs quenouilles et fuseaux. »
(lettre-préface)

« Ô doux archet, adoucis-moi la voix » (élégie I)

« Tu es, tout seul, tout mon mal et mon bien ;
Avec toi tout, et sans toi je n'ai rien » (élégie II)

« PAR TOI, AMI, TANT VÉQUIS ENFLAMMÉE
QU'EN LANGUISSANT PAR FEU SUIS CONSUMÉE
QUI COUVE ENCOR SOUS MA CENDRE EMBRASÉE,
SI NE LA RENDS DE TES PLEURS APAISÉE » (élégie II)

« Et quand je suis quasi toute cassée,
Et que me suis mise en mon lit lassée,
Crier me faut mon mal toute la nuit. » (sonnet V)

« Je vis, je meurs ; je me brûle et me noie ;
J'ai chaud extrême en endurant froidure :
La vie m'est et trop molle et trop dure.
J'ai grands ennuis entremêlés de joie. » (sonnet VIII)

« Luth, compagnon de ma calamité,
De mes soupirs témoin irréprochable » (sonnet XII)

« Bien je mourrais, plus que vivante, heureuse » (sonnet XIII)

« Baise m'encor, rebaise-moi et baise ;
Donne m'en un de tes plus savoureux,
Donne m'en un de tes plus amoureux :
Je t'en rendrai quatre plus chauds que braise. » (sonnet XVIII)

« Le plus grand plaisir qui soit après amour, c'est d'en parler. »
(*Débat de Folie et d'Amour*)

Hommage à Louise Labé par les poètes

« Le Temps, dévorateur de tout, avait détruit
les odes de Sapho à l'harmonieux bruit.
Mais Louise Labé qui connaît les Amours
et le sein de Vénus nous les rend pour toujours. »

« Ode sur la poésie de Louise Labé » attribuée à Henri Estienne, 1555.

« Allez, mes vers, chantez Louise Labé !
Consacrez-vous, ma plume, à la louer,
puisqu'elle a mérité,
malgré le temps qui fuit, d'être emmenée
par le vol de la Renommée ailée
vers l'immortalité ! »

Jacques Peletier du Mans, « À Louise Labé, Lyonnaise », in *Opuscules*, 1555.

« Et tu chantas l'amour ! ce fut ta destinée ;
Belle ! et femme ! et naïve, et du monde étonnée. »

Marceline Desbordes-Valmore, « Louise Labé », *Les Pleurs*, 1833.

Louise Labé vue par les critiques

« Le style de Louise Labé est pur par rapport au mauvais goût de son temps et elle sait s'approprier ce qu'elle tire de l'imitation des anciens. »

Guillaume Colletet, XVIIe siècle.

« À force de sincérité elle [Louise Labé] atteignit là où Ronsard et Du Bellay n'arrivèrent que bien plus tard, dégagés à grand-peine de leur premier pédantisme : à l'originalité. »

Max Jasinski, *Histoire du sonnet en France*, 1903.

« Elle était mondaine, ardente, à la page. Et pourtant, elle reste révolutionnaire. Cette princesse d'école lyonnaise demeure une Antigone, une délicieuse rebelle. [...] Elle veut être tout autant une femme qu'une poétesse. »

Léon-Paul Fargue, « L.L. », *Revue de Paris*, février 1950.

« Dans aucun *Canzoniere* de l'époque on ne trouve autant de présence et de personnalité, cet *égotisme* vigoureux et irrésistible, qu'en celui de Louise Labé. »

Enzo Giudici, édition des *Œuvres complètes* de Louise Labé, Droz, 1981.

Le tour de l'œuvre en 8 fiches

Groupements de textes

Groupement 1
Le sonnet ou l'art de la célébration

Ce parcours offre un florilège de sonnets dont le thème commun est l'amour – et son expression –, une déambulation dans la poésie amoureuse et l'histoire du sonnet, depuis ses origines italiennes jusqu'au XVIIe siècle.

Le corpus s'ouvre sur un poème de Pétrarque (texte 1), poète italien qui a diffusé la forme du sonnet en Europe, grâce à son *Canzoniere* (1374). Le groupement souligne la vogue du sonnet dans la France de la Renaissance, à travers les pièces de trois grands poètes humanistes, membres de la Pléiade: Joachim Du Bellay (texte 2) et Pierre de Ronsard (texte 4) rendent hommage à des figures féminines à la fois réelles et fantasmées; Pontus de Tyard (texte 3) offre à la postérité un blason célébrant la femme aimée. Les deux derniers sonnets, composés par un poète et une poétesse du XVIIe siècle, revisitent le *topos* du malheur amoureux, en ouvrant l'intime à l'universel. Le poète Pierre de Marbeuf (texte 5) relie ce thème au motif baroque de l'eau, symbole de l'instabilité humaine. La poétesse Marie-Catherine-Hortense de Villedieu (texte 6) exprime le paradoxe consistant à trouver dans la souffrance amoureuse une forme de satisfaction.

Pétrarque, *Canzoniere*

Pétrarque (1304-1374) est un poète italien, qui inaugure l'humanisme en Italie et en Europe. Son amour platonique et à sens unique pour Laure lui inspire sa poésie : il est au cœur du *Canzoniere*, un recueil de trois cent soixante-six poèmes lyriques, essentiellement des sonnets, écrits en italien. Véritable succès, ce recueil diffuse dans l'Europe de la Renaissance la forme du sonnet. Son style a une influence déterminante sur la poésie lyrique des siècles suivants : Pétrarque et Laure font ainsi partie de l'imaginaire amoureux, comme Tristan et Iseut, et plus tard Roméo et Juliette. Dans ce poème, Pétrarque célèbre sa muse, mais aussi l'amour en général et la poésie.

Que bénis soient le jour et le mois et l'année
La saison et le temps et l'heure et le moment,
Le beau pays et le lieu où je fus atteint
Par deux beaux yeux lesquels alors m'ont enchaîné ;

Et bénis soient aussi le premier doux tourment[1]
Que je sentis à être avec Amour lié,
Et son arc et ses traits[2], dont je fus transpercé,
Et la plaie qui pénètre au-dedans de mon cœur ;

Bénis soient à jamais les mots que j'ai sans nombre
Répandus pour clamer[3] le cher nom de ma dame,
Et mes soupirs et mes larmes et mon désir.

Et bénis à jamais toutes les écritures
Où je lui donne un grand renom[4] et ma pensée
Qui n'appartient qu'à elle et où n'a part nulle autre[5].

Pétrarque, LXI, « Benedetto sia 'l giorno, e l' mese et l'anno » ou « Que bénis soient le jour et le mois et l'année », *Canzoniere* [1374], traduit de l'italien par A. Rochon, in *Le Sonnet*, Gallimard, « Folioplus classiques », 2005.

1. **Tourment** : grande souffrance, affliction.
2. **Traits** : flèches. Représentation traditionnelle de l'amour (allégorie), référence à Cupidon.
3. **Clamer** : proclamer, crier.
4. **Renom** : renommée, gloire.
5. **Où n'a part nulle autre** : [ma pensée] où personne d'autre qu'elle n'a sa place.

Groupements de textes

Joachim Du Bellay, *L'Olive*

Joachim Du Bellay (1522-1560) est un membre de la Pléiade : il publie en 1549 *Défense et Illustration de la langue française*, texte théorique sur la création littéraire, et son premier recueil de sonnets amoureux, *L'Olive*. Dans ce recueil, dont le titre symbolise à la fois la féminité (par le prénom féminin Olive) et l'immortalité (avec les feuilles persistantes de l'olivier), le poète célèbre une maîtresse imaginaire. À la manière de Pétrarque, il exprime dans ce sonnet la plainte d'un amant privé de sa dame et déplore la confusion des sentiments, la dualité des émotions. Louise Labé s'est inspirée de ce poème dans son sonnet VIII.

La nuit m'est courte, et le jour trop me dure,
Je fuis l'amour, et le suis à la trace,
Cruel me suis[1], et requiers[2] votre grâce,
Je prends plaisir au tourment[3], que j'endure.

Je vois mon bien[4], et mon mal je procure[5],
Désir m'enflamme, et crainte me rend glace,
Je veux courir, et jamais ne déplace
L'obscur m'est clair, et la lumière obscure.

Vôtre je suis et ne puis être mien[6],
Mon corps est libre, et d'un étroit lien[7]
Je sens mon cœur en prison retenu.

Obtenir veux, et ne puis requérir,
Ainsi me blesse, et ne me veut guérir
Ce vieil enfant, aveugle archer, et nu[8].

Joachim Du Bellay, sonnet XXVI, orthographe modernisée, *L'Olive* [1549],
in *Œuvres poétiques*, éd. D. Aris et F. Joukovsky, tome 1, © Bordas, 1993.

---

1. **Cruel me suis** : je me fais souffrir moi-même.
2. **Requiers** : demande, implore.
3. **Tourment** : vive souffrance physique ou psychologique (sens fort au XVIe siècle).
4. **Je vois mon bien** : j'entrevois mon bonheur.
5. **Mon mal je procure** : je provoque (pourtant) mon malheur.
6. **Vôtre je suis et ne puis être mien** : Je suis à vous et ne peux pas être à moi.
7. Lire « li-en » (diérèse).
8. Sujet (inversé) des verbes « me blesse » et « ne me veut guérir » (v. 13). Représentation traditionnelle de l'amour (Cupidon).

Pontus de Tyard, *Les Erreurs amoureuses*

Pontus de Tyard (1521-1605) est une figure emblématique du XVIe siècle. Il fut conseiller d'État pour Henri III, savant humaniste féru de science et poète de la Pléiade. Inspiré par Pétrarque, il écrit son premier recueil poétique, *Les Erreurs amoureuses*, en 1549. Ami de Maurice Scève et Louise Labé, il rejoint l'école lyonnaise. Dans un sonnet qui rappelle le genre du blason, il célèbre la beauté de sa dame en filant l'analogie entre celle-ci et le soleil. Mais il s'agit, en creux, d'un éloge du chant poétique, qui seul peut prolonger et perpétuer l'amour.

Lorsque je vis ces cheveux d'or dorer
Tant gentement[1] cette vermeille[2] glace,
Et de ces yeux les traits de bonne grâce,
Puis çà, puis là gaiement s'égarer[3]:

Lorsque je vis un souris[4] colorer
Et de douceur et de pitié sa face[5],
Qui en leur beau toutes beautés efface,
Je la cuidais au Soleil comparer.

S'il fait que tout de chaleur sue, et fume,
D'ardeur, et pleurs ma dame me consume.
Si partout luit sa grande Sphère ronde,

D'elle le nom s'étend par tout le Monde.
Mais, éclipsant, sa clarté cessera,
Jamais le nom d'elle n'éclipsera[6].

Pontus de Tyard, « Lorsque je vis ces cheveux d'or dorer », orthographe modernisée, *Les Erreurs amoureuses* [1549], premier livre, in *Le Sonnet*, Gallimard, « Folioplus classiques », 2005.

---

1. **Tant gentement** : avec tant de douceur, de charme ou d'élégance.
2. **Vermeille** : d'un rouge éclatant.
3. Vers 3-4 : Et les regards volontiers jetés par ces yeux, / S'égarer çà et là, gaiement.
4. **Souris** : sourire.
5. **Face** : visage.
6. Vers 7-14 : Qui efface en beauté toutes les autres beautés, / Je pensais la comparer au Soleil. / S'il fait que tout transpire de chaleur et fume d'ardeur, / (De même) ma dame me consume en pleurs. / Si partout sa grande sphère ronde [le Soleil] luit, / (De même) son nom à elle s'étend dans le monde entier. / Mais, lorsque le Soleil disparaît brusquement, sa clarté cesse, / (Tandis que) son nom à elle jamais ne disparaîtra.

Pierre de Ronsard, *Continuation des amours*

Pierre de Ronsard (1524-1585) est un poète humaniste, figure majeure de la Renaissance et chef de file de la Pléiade. Il est l'auteur d'une œuvre vaste qui s'est portée à la fois sur l'éloge officiel, la poésie épique et engagée, dans le contexte des guerres de Religion, et sur la poésie lyrique, qui fait sa postérité jusqu'à aujourd'hui.

Dans ce sonnet à la fois lyrique et élégiaque, le poète mêle la simplicité d'images traditionnelles (comme celle de la femme-fleur) à un ton plus mélancolique. L'expression de l'amour pour Marie est aussi un prétexte pour évoquer la fuite du temps (*tempus fugit*), avant d'inviter la destinatrice du poème à profiter de la vie (*carpe diem*).

Je vous envoie un bouquet que ma main
Vient de trier de ces fleurs épanies[1] ;
Qui ne les eût à ce vêpre cueillies
Chutes à terre elles fussent demain[2].

Cela vous soit un exemple certain[3]
Que vos beautés[4], bien qu'elles soient fleuries
En peu de temps cherront[5] toutes flétries
Et, comme fleurs, périront tout soudain[6].

Le temps s'en va, le temps s'en va, ma Dame,
Las ! le temps, non, mais nous nous en allons[7],
Et tôt[8] serons étendus sous la lame[9] ;

---

1. **Épanies** : épanouies.
2. Vers 3-4 : Si on ne les avait pas cueillies ce soir / Elles seraient tombées par terre demain.
3. **Cela vous soit un exemple certain** : Que cela vous serve de leçon (exemplaire).
4. **Que vos beautés** : [de même] que vos beautés.
5. **Cherront** : tomberont (futur du verbe archaïque « choir »).
6. **Tout soudain** : aussitôt (formule vieillie).
7. **Nous nous en allons** : nous disparaissons, nous mourrons (euphémisme).
8. **Tôt** : bientôt.
9. **Lame** : pierre du tombeau.

Et des amours desquelles nous parlons[1],
Quand serons morts, n'en sera plus nouvelle[2]:
Pour ce[3] aimez-moi, cependant qu'êtes belle[4].

Pierre de Ronsard, « Je vous envoie un bouquet... », *Continuation des amours* [1555], in *Les Plus Beaux Poèmes d'amour de la langue française*, anthologie de Jean Orizet, orthographe modernisée,

Pierre de Marbeuf, *Recueil des vers*

➡ **Voir commentaire, p. 135**

Pierre de Marbeuf (1596-1645), poète baroque, est apprécié pour sa poésie lyrique et pour ses talents satiriques. Auteur d'un *Recueil de vers*, publié en 1628, il célèbre la nature, la fragilité de la vie et de l'amour, tout en recherchant une forme de perfection esthétique, en soignant le rythme et les sonorités. Le sonnet « *À Philis* » est son poème le plus connu; il y dépeint l'amour sous l'angle du malheur. Son association entre le thème amoureux et les motifs antithétiques de l'eau et du feu témoigne d'une grande maîtrise et révèle son originalité, entre baroque et préciosité.

À Philis[5]

Et la mer et l'amour ont l'amer[6] pour partage,
Et la mer est amère, et l'amour est amer,
L'on s'abîme[7] en l'amour aussi bien qu'en la mer,
Car la mer et l'amour ne sont point sans orage.

---

1. Sous-entendu: ici et maintenant, dans ce poème.
2. **N'en sera plus nouvelle**: personne n'en parlera plus.
3. **Pour ce**: pour cette raison.
4. **Cependant qu'êtes belle**: pendant que vous êtes (encore) belle.
5. **Philis**: du grec *phil-* (« aimer »), nom traditionnellement donné à l'amant dans la poésie galante.
6. **Amer**: amertume (saveur âpre et généralement désagréable) ou bien objet fixe qui sert de point de repère en navigation (terme maritime).
7. **On s'abîme**: ici, on tombe dans un abîme, on coule.

Celui qui craint les eaux, qu'il demeure au rivage,
Celui qui craint les maux qu'on souffre pour aimer,
Qu'il ne se laisse pas à l'amour enflammer,
Et tous deux ils seront sans hasard de naufrage.

La mère de l'amour eut la mer pour berceau,
Le feu sort de l'amour, sa mère sort de l'eau[1]
Mais l'eau contre ce feu ne peut fournir des armes.

Si l'eau pouvait éteindre un brasier amoureux,
Ton amour qui me brûle est si fort[2] douloureux,
Que j'eusse éteint son feu de la mer de mes larmes.

Pierre de Marbeuf, « Et la mer et l'amour », *Recueil des vers* [1628],
in *Français 2de*, Belin, « Escales », 2019.

Groupements de textes

1. **La mère de l'amour** : dans la mythologie grecque, Aphrodite, mère d'Éros, ou dans la mythologie romaine, Vénus, mère de Cupidon. La déesse de l'amour serait née de l'écume de mer.
2. **Si fort douloureux** : tellement douloureux.

Marie-Catherine-Hortense de Villedieu, *Recueil de poésies de Mademoiselle Desjardins*

➦ Voir explication linéaire, p. 124

Marie-Catherine-Hortense Desjardins (1640-1685), dite « Madame de Villedieu », fut une poétesse, dramaturge et romancière. Douée d'un esprit brillant et d'une grande liberté, elle rencontre dès sa jeunesse des personnalités puissantes, dont Antoine de Villedieu, fils d'un célèbre musicien du roi Louis XIII, qui devient son amant. C'est une dramaturge renommée et l'une de ses pièces est jouée à Versailles, devant le roi Louis XIV : elle est la première femme dramaturge à avoir cet honneur. Son *Recueil de poésies* est caractérisé par une esthétique galante et mondaine, dans l'esprit de l'époque. Dans ce sonnet, la poétesse exprime la dualité liée au sentiment amoureux, du bonheur à la douleur d'aimer.

Philis, dans l'amoureux Empire[1],
Qu'on goûte de contentement !
Et que les peines des amants
Causent un aimable martyre[2] !

Qu'on est heureux quand on soupire !
Et que les plus rudes tourments
Sont payés par de doux moments,
Quand on obtient ce qu'on désire !

Il est vrai qu'étant amoureux,
Et loin de l'objet de ses vœux,
On sent une douleur extrême.

Mais quand on revoit ses amours,
Un moment près de ce qu'on aime,
Répare mille mauvais jours.

Marie-Catherine-Hortense de Villedieu, « Philis, dans l'amoureux Empire »,
Recueil de poésies de Mademoiselle Desjardins [1662],
in *Des femmes en littérature. 100 textes d'écrivaines à étudier en classe*,
Belin Éducation-Éditions des femmes-Antoinette Fouque, 2018.

---

1. **Philis** : voir note 5, p. 107 ; **dans l'amoureux Empire** : dans le domaine de l'amour.
2. **Martyre** : souffrance extrême.

Groupements de textes

Groupement 2

Poésie et mythologie

Ce parcours propose de découvrir une poésie qui s'inspire de personnages et de récits de la mythologie, depuis l'Antiquité jusqu'au XIXe siècle. Il s'ouvre sur une ode de Sappho, poétesse antique, qui fait entendre le désir féminin, à travers Aphrodite (texte 1). Au Moyen Âge, François Villon compose une ballade mélancolique (texte 2), empruntant à la mythologie et à l'Histoire des figures féminines pour évoquer le temps qui passe. À la Renaissance, les poètes épiques et lyriques renouvellent la poésie en puisant dans la source mythologique. Ainsi Maurice Scève, dans un dizain, rend hommage à la femme aimée en la comparant à une déesse (texte 3), et Pierre de Ronsard, chef de file de la Pléiade, multiplie les allusions à la culture antique (texte 4). La poésie baroque de Théophile de Viau est peuplée d'allégories et de personnages légendaires ou mythiques (texte 5) ; et sous la Révolution, André Chénier compose des poèmes à sujets mythologiques, comme l'élégie « La jeune Tarentine » (texte 6). Enfin, les poètes romantiques, en particulier les symbolistes, font la part belle à l'allégorie et à la référence mythologique, comme Gérard de Nerval (texte 7).

Sappho, *Ode à Aphrodite*

La poétesse Sappho de Mytilène (VIIe-VIe siècle av. J.-C.) est la première voix féminine connue en Grèce antique. Empreinte d'une grande liberté, son œuvre déploie une philosophie optimiste marquée par la célébration de l'instant et de la nature. Des neuf livres de poèmes lyriques qu'elle aurait composés ne subsistent aujourd'hui que des fragments. L'*Ode à Aphrodite* est l'unique texte de Sappho qui nous soit parvenu dans son intégralité. Le poème est écrit dans le dialecte de Lesbos et en strophes « sapphiques », selon la métrique utilisée par la poétesse. Il s'agit d'un chant ou d'une prière adressée par Sappho à la déesse Aphrodite, pour que la jeune fille qu'elle désire réponde à son amour.

Toi dont le trône étincelle, ô immortelle Aphrodite[1], fille de Zeus, ourdisseuse de trames[2], je t'implore : ne laisse pas, ô souveraine, dégoûts ou chagrins affliger mon âme,

Mais viens ici, si jamais autrefois entendant de loin ma voix, tu m'as écoutée, quand, quittant la demeure dorée de ton père tu venais, Après avoir attelé ton char,

de beaux passereaux[3] rapides t'entraînaient autour de la terre sombre, secouant leurs ailes serrées et du haut du ciel tirant droit à travers l'éther[4].

Vite ils étaient là. Et toi, bienheureuse, éclairant d'un sourire ton immortel visage, tu demandais, quelle était cette nouvelle souffrance, pourquoi de nouveau j'avais crié vers toi,

Quel désir ardent travaillait mon cœur insensé : « Quelle est donc celle que, de nouveau, tu supplies la Persuasive[5] d'amener vers ton amour[6] ? qui, ma Sappho, t'a fait injure[7] ?

---

1. **Aphrodite** : dans la mythologie grecque, déesse de l'amour.
2. **Ourdisseuse de trames** : faiseuse d'intrigues, comploteuse (lexique du tissage).
3. **Passereaux** : famille de petits oiseaux (comprenant moineaux, alouettes, pinsons, hirondelles…).
4. **Éther** : le ciel, les espaces célestes (usage poétique).
5. **D'amener vers ton amour** : de conduire à t'aimer (en retour).
6. **La Persuasive** : Aphrodite (périphrase).
7. **T'a fait injure** : t'a offensée ; ici, t'a repoussée.

Groupements de textes

Parle : si elle te fuit, bientôt elle courra après toi ; si elle refuse tes présents, elle t'en offrira elle-même ; si elle ne t'aime pas, elle t'aimera bientôt, qu'elle le veuille ou non. »

Cette fois encore, viens à moi, délivre-moi de mes âpres soucis, tout ce que désire mon âme exauce-le, et sois toi-même mon soutien dans le combat.

Sappho, *Ode à Aphrodite* [VII-VIe siècle av. J.-C.], traduit du grec par Th. Reinach avec la collaboration d'A. Puech, éditions des Belles Lettres, 1937.

François Villon, « Ballade des dames du temps jadis »

François Villon (1431-1463) est un poète de la fin du Moyen Âge, dont l'existence fut rythmée par des condamnations judiciaires. Exilé, il mène une vie de bohème, sur les routes, avant de disparaître mystérieusement. Il a écrit plusieurs recueils et poèmes, tels que *Le Testament Villon* (1461) et la *Ballade des pendus* (1494).
La « Ballade des dames du temps jadis » forme avec la « Ballade des seigneurs du temps jadis » et la « Ballade en vieil langage français » un groupe de trois poèmes gravitant autour du thème de la mort. Composée de trois huitains d'octosyllabes et d'un envoi, elle explore les thèmes du *tempus fugit* (la fuite du temps) et de l'*ubi sunt* (« Où sont [ceux qui furent avant nous] ? »), motif biblique et lieu commun de la littérature médiévale. À travers la mention de douze figures féminines mythologiques ou historiques, depuis longtemps disparues, cette ballade évoque la destinée humaine avec mélancolie.

Dites-moi où, en quel pays,
Est Flora la belle romaine,
Alcibiade ou Thaïs[1],
Qui fut sa cousine germaine,

1. **Flora, Alcibiade et Thaïs** : trois courtisanes (prostituées) de l'Antiquité.

Écho[1] parlant au bruit mené
Sur rivière ou sur étang[2],
A la beauté plus qu'humaine,
Mais où sont les neiges d'antan[3] ?

Où est la très sage Héloïse
Pour qui fut châtré et se fit moine
Pierre Abélard à Saint-Denis[4] ?
Par amour pour elle, il subit cette épreuve.
De même, où est la reine
Qui ordonna que Buridan[5]
Fût jeté en un sac dans la Seine ?
Mais où sont les neiges d'antan ?

La Reine blanche[6] comme un lys
Qui chantait d'une voix de sirène,
Berthe au pied d'oie, Béatrice, Alice,
Érembourg[7] qui gouverna le Maine,

---

1. **Écho** : dans la mythologie grecque et romaine, nymphe des montagnes. Condamnée par Héra (femme trompée par son époux, Zeus) à ne plus pouvoir parler, sauf pour répéter les derniers mots qu'elle avait entendus, Écho ne put déclarer son amour à Narcisse et en mourut de chagrin.
2. **Parlant au bruit mené / Sur rivière ou sur étang** : qui parle quand on fait du bruit / Au-dessus d'une rivière ou d'un étang.
3. **Antan** : autrefois.
4. **Héloïse** (1101-1164) ; **Pierre Abélard** (1079-1142) : deux amants célèbres du Moyen Âge, dont l'histoire constitue un mythe de l'amour impossible. Pour s'être enfui avec son élève, la jeune Héloïse, enceinte, puis marié avec elle en cachette, Abélard, théologien et philosophe, fut castré et entra ensuite en religion. Ils entretinrent une correspondance passionnée tout au long de leur vie.
5. **La reine** ; **Jean Buridan** (v. 1300-v. 1358) : selon une légende, le philosophe Jean Buridan aurait été dans sa jeunesse l'amant et la victime d'une future reine de France (Marguerite ou Jeanne de Bourgogne). Il fut en effet associé au scandale de la tour de Nesle, à Paris, dans laquelle les belles-filles de Philippe le Bel recevaient en cachette leurs amants avant de les noyer dans la Seine.
6. **La Reine blanche** : référence probable à Blanche de Castille (1188-1252), reine de France par son mariage avec Louis VIII.
7. **Berthe**, **Béatrice**, **Alice**, **Érembourg** : reines du Moyen Âge, héroïnes des chansons de geste médiévales.

Et Jeanne la bonne Lorraine[1]
Qu'Anglais[2] brûlèrent à Rouen,
Où sont-elles, où, Vierge souveraine[3] ?
Mais où sont les neiges d'antan ?

ENVOI
Prince, vous ne sauriez demander où elles sont
Ni toute une semaine ni toute une année
Sans que je vous ramène à ce refrain :
Mais où sont les neiges d'antan ?

François Villon, « Ballade des dames du temps jadis »,
Le Testament Villon [1461], trad. de l'ancien français par J. Cerquiglini-Toulet,
Gallimard, « Folio classique », 2020. © Éditions Gallimard.

Maurice Scève, *Délie. Objet de plus haute vertu*

Maurice Scève (1501-1564) est un poète lyonnais, qui fréquente des artistes et gens de lettres, parmi lesquels Clément Marot et Louise Labé. Son érudition, son sens artistique et son prestige en font le chef de file de l'école lyonnaise. Bien qu'il ne signe quasiment jamais ses œuvres et disparaisse sans laisser de traces, il marque son époque par son recueil de dizains, *Délie. Objet de plus haute vertu*, publié en 1544 quasi anonymement (avec ses initiales et un portrait de lui). Premier *Canzoniere* français, ce recueil est dédié à une femme aimée, souvent identifiée à Pernette du Guillet. Mais Délie, qui est une anagramme du mot « idée », représente aussi une figure idéalisée, voire abstraite. Dans ce recueil, le poète privilégie la référence mythologique et un registre de langue élevé. Dans ce dizain, il file la comparaison entre la femme aimée et Diane, déesse de la chasse représentée sous les traits de la lune.

1. **Jeanne, la bonne Lorraine** : Jeanne d'Arc (1412-1431), originaire de Lorraine, morte brûlée vive à Rouen par les Anglais, durant la guerre de Cent Ans.
2. **Qu'Anglais** : que les Anglais.
3. Adresse probable à la Vierge Marie.

Diane[1] on voit ses deux cornes, jeter[2],
Encore tendre et faiblement naissante,
Et toi[3] des yeux deux rayons forjeter[4],
La vue basse, et alors moins nuisante[5].
Puis sa rondeur elle accomplit luisante[6],
Et toi ta face élégamment haussant[7].
Elle en après s'affaiblit décroissant[8],
Pour retourner une autre fois novelle[9],
Et le parfait[10] de ta beauté croissant[11]
Dedans mon cœur toujours se renovelle.

Maurice Scève, dizain 176, *Délie. Objet de plus haute vertu* [1544],
Gallimard, « Poésie », 1984.

Pierre de Ronsard, *Les Amours*

➡ **Voir explication linéaire, p. 127**

Le sonnet XVI des *Amours* de Pierre de Ronsard (1524-1585) témoigne d'une inspiration humaniste, à travers un certain nombre d'allusions mythologiques. La source antique permet au poète d'exprimer la puissance du sentiment amoureux et les douleurs qu'il peut provoquer. Mais cet imaginaire sert aussi et surtout à préciser le sens de sa poésie. Sous l'apparence de la confession intime, c'est en effet un projet littéraire que poursuit Pierre de Ronsard : il s'agit de puiser dans les souffrances nées de l'amour la source de la création poétique.

---

1. **Diane** : déesse de la chasse et de la lune, dans la mythologie romaine.
2. **Ses deux cornes** : référence au croissant de lune, qui apparaît, sous la forme de deux cornes. **Jeter** : ici, émerger, apparaître. Il s'agit ici d'une image du lever de lune.
3. Ici, le poète s'adresse à la femme aimée.
4. **Des yeux deux rayons forjeter** : [on voit] tes deux yeux détourner le regard.
5. **Nuisante** : hostile, blessante.
6. **Sa rondeur elle accomplit luisante** : elle (la lune) révèle sa rondeur luisante.
7. **Ta face élégamment haussant** : tu élèves élégamment ton visage.
8. **Elle en après s'affaiblit décroissant** : après, elle (la lune) s'affaiblit en décroissant.
9. **Retourner une autre fois novelle** : devenir, à nouveau, une nouvelle lune. (Référence à la première phase du cycle de la lune.)
10. **Le parfait** : la perfection.
11. **Croissant** : ici, étant en train de croître (participe présent du verbe « croître »).

Je veux darder[1] par l'univers ma peine,
Plus tôt qu'un trait ne vole au décocher[2] ;
Je veux de miel mes oreilles boucher,
Pour n'ouïr plus la voix de ma sirène[3].

Je veux muer[4] mes deux yeux en fontaine[5],
Mon cœur en feu, ma tête en un rocher,
Mes pieds en tronc, pour jamais n'approcher
De sa beauté si fièrement[6] humaine.

Je veux changer mes pensées en oiseaux,
Mes doux soupirs en zéphyrs[7] nouveaux,
Qui par le monde éventeront[8] ma plainte.

Et veux encor' de ma pâle couleur,
Aux bords du Loir[9] enfanter une fleur,
Qui de mon nom et de mon mal soit peinte[10].

Pierre de Ronsard, sonnet XVI, *Les Amours*, 1552,
orthographe modernisée par l'auteure du dossier pédagogique.

1. **Darder** : lancer avec force, violemment.
2. **Plus tôt qu'un trait ne vole au décocher** : plus rapidement qu'une flèche quitte le coche d'un arc.
3. **Sirène** : dans la mythologie grecque, créature mi-femme, mi-oiseau, qui envoûte les marins et précipite le naufrage des navires. Ici, métaphore de la femme aimée.
4. **Muer** : transformer, changer.
5. Dans cette strophe, allusion à plusieurs figures de la mythologie grecque : Cyané, naïade inconsolable à la suite du rapt de Perséphone par Hadès, progressivement transformée en fontaine (v. 5) ; Niobé métamorphosée en rocher d'où s'écoulent des larmes, après la mort de ses enfants (v. 6) ; les Héliades transformées en peupliers après la disparition de leur frère Phaéton (v. 7).
6. **Fièrement** : cruellement, farouchement.
7. **Zéphyrs** : vents d'ouest, doux et tièdes, brises légères.
8. **Éventeront** : au sens littéral, exposeront au vent, répandront.
9. **Loir** : rivière du centre-ouest de la France, sous-affluent de la Loire, située dans la région natale de Pierre de Ronsard.
10. Allusion probable à deux légendes de la mythologie grecque : Ajax, héros de la guerre de Troie (*Odyssée* d'Homère, *Ajax* de Sophocle), et Hyacinthe, jeune homme d'une grande beauté (*Métamorphoses* d'Ovide). Frappés de mort brutale, ils furent métamorphosés en fleurs, qui portaient chacune sur leurs pétales la marque *Ai* (« hélas » en grec, cri lancé par Hyacinthe et abréviation du nom Ajax ou Aiax).

Théophile de Viau, *Œuvres poétiques*

Théophile de Viau (1590-1626) est un dramaturge et poète baroque. Bien qu'il ait été un moment le protégé de Louis XIII, son esprit libre et son homosexualité en firent une cible privilégiée de l'Église catholique, qui l'accusa d'impiété. Il est jugé en 1623 pour des poèmes considérés comme obscènes, condamné au bûcher et finalement emprisonné pendant deux ans. Sa carrière littéraire est brève mais brillante, allant de la tragédie à la satire philosophique des épigrammes. Dans la tradition de la poésie érotique baroque, ces stances composent un poème lyrique sensuel et audacieux, qui exprime le désir du poète pour l'être aimé, ici endormi, en mêlant l'inspiration mythologique et le thème de la dévotion.

Quand tu me vois baiser tes bras,
Que tu poses nus sur tes draps,
Bien plus blancs que le linge même;
Quand tu sens ma brûlante main
Se promener dessus ton sein,
Tu sens bien, Cloris, que je t'aime.

Comme un dévot devers les Cieux[1],
Mes yeux tournés devers tes yeux,
À genoux auprès de ta couche[2],
Pressé de mille ardents désirs,
Je laisse sans ouvrir ma bouche,
Avec toi dormir mes plaisirs.

Le sommeil, aise[3] de t'avoir,
Empêche tes yeux de me voir
Et te retient dans son empire
Avec si peu de liberté
Que ton esprit tout arrêté
Ne murmure ni ne respire.

---

1. **Dévot**: personne attachée à la religion. **Devers les Cieux**: vers les cieux (connotation religieuse: espace du divin).
2. **Couche**: lit.
3. **Aise**: heureux. (Le sommeil est ici personnifié.)

La rose en rendant son odeur,
Le soleil donnant son ardeur,
Diane et le char qui la traîne[1],
Une Naïade[2] dedans l'eau,
Et les Grâces[3] dans un tableau,
Font plus de bruit que ton haleine.

Là je soupire auprès de toi,
Et considérant comme quoi
Ton œil si doucement repose,
Je m'écrie : ô Ciel ! peux-tu bien
Tirer d'une si belle chose
Un si cruel mal que le mien ?

Théophile de Viau, stances XXIX, orthographe modernisée, *Œuvres poétiques* [1621], in *Œuvres poétiques. Les Amours tragiques de Pyrame et Thisbé*, édition de G. Saba, © Classiques Garnier, 2008.

1. Diane : dans la mythologie romaine, déesse de la chasse et de la lune, souvent représentée conduisant un char.
2. Naïade : dans la mythologie grecque, divinité des rivières et des ruisseaux.
3. Grâces : dans la mythologie romaine, les trois Grâces, divinités de la suite de Vénus. Déesses du charme, de la beauté et de la créativité.

André Chénier, *Bucoliques*

➡ Voir commentaire, p. 133

André Chénier (1762-1794) est un poète de la seconde moitié du XVIIIe siècle, précurseur du romantisme. Il participe au mouvement révolutionnaire et meurt guillotiné deux jours avant la chute de Robespierre, en 1794, à l'âge de trente-deux ans. Il laisse une œuvre abondante, marquant un renouveau de la poésie au cours d'un siècle qui a délaissé ce genre. « La jeune Tarentine » est l'un de ses poèmes inachevés. Composé de trente alexandrins à rimes suivies et sans forme fixe identifiable, il a été publié, de manière posthume, sous le titre « Élégie dans le goût de l'ancien ». Ce poème témoigne d'une double inspiration antique et préromantique. Cette élégie peut être lue comme un éloge funèbre, voire un *memento mori*, évoquant la fragilité de toute existence.

Pleurez, doux alcyons[1] ! ô vous, oiseaux sacrés,
Oiseaux chers à Thétis[2], doux alcyons, pleurez !
Elle a vécu, Myrto, la jeune Tarentine[3] !
Un vaisseau la portait aux bords de Camarine[4] :
Là l'hymen[5], les chansons, les flûtes, lentement
Devaient la reconduire au seuil de son amant.
Une clef vigilante a, pour cette journée,
Dans le cèdre[6] enfermé sa robe d'hyménée[7],
Et l'or dont au festin ses bras seraient parés,
Et pour ses blonds cheveux les parfums préparés.
Mais, seule sur la proue, invoquant les étoiles,
Le vent impétueux qui soufflait dans les voiles
L'enveloppe : étonnée, et loin des matelots,
Elle crie, elle tombe, elle est au sein des flots.

---

1. **Alcyons** : dans la mythologie grecque, oiseaux marins qui font leurs nids au creux des vagues quand la mer est calme.
2. **Thétis** : dans la mythologie grecque, une des cinquante Néréides (divinités marines) ➡ voir note au vers 19. Elle est la mère d'Achille, qui fut tué pendant la guerre de Troie.
3. **Tarentine** : originaire de Tarente, ville du Sud de l'Italie.
4. **Camarine** : port de Sicile.
5. **Hymen** : cortège nuptial (littéraire).
6. **Cèdre** : ici, coffre en cèdre.
7. **Robe d'hyménée** : robe de mariée.

Groupements de textes

Elle est au sein des flots, la jeune Tarentine !
Son beau corps a roulé sous la vague marine.
Thétis, les yeux en pleurs, dans le creux d'un rocher,
Aux monstres dévorants eut soin de le cacher.
Par ses ordres bientôt les belles Néréides[1]
L'élèvent au-dessus des demeures humides,
Le portent au rivage, et dans ce monument[2] ;
L'ont, au cap du Zéphir[3], déposé mollement.
Puis de loin à grands cris appelant leurs compagnes,
Et les Nymphes des bois, des sources, des montagnes,
Toutes, frappant leur sein et traînant un long deuil,
Répétèrent Hélas ! autour de son cercueil :
« Hélas ! chez ton amant tu n'es point ramenée,
Tu n'as point revêtu ta robe d'hyménée,
L'or autour de tes bras n'a point serré de nœuds,
Les doux parfums n'ont point coulé sur tes cheveux. »

André Chénier, « La jeune Tarentine » [1785-1787], *Bucoliques*, IX, [1819] (posthume), in *Poésies*, Gallimard, « Poésie », 1984.

1. **Néréides** : dans la mythologie grecque, nymphes marines, filles de Mérée.
2. Ce monument désigne le tombeau de Myrto, la jeune fille tarentine.
3. **Cap du Zéphyr** : cap situé entre Tarente et Camarine.

Gérard de Nerval, *Les Chimères*

L'écrivain et poète Gérard de Nerval (1808-1855) est une figure majeure du romantisme français. Il est connu notamment pour ses nouvelles, inspirées par des figures féminines largement fantasmées (*Sylvie*, 1853, *Les Filles du feu*, 1854), et pour son recueil de sonnets, *Les Chimères* (1854). Orphelin de mère, Gérard de Nerval fut sujet à la folie tout au long de sa vie, dont son œuvre porte la trace. Son écriture poétique se nourrit de la mythologie, des sciences occultes, de l'interprétation des rêves ou encore du voyage. Dans le sonnet « El Desdichado » (« le déshérité » en espagnol), extrait des *Chimères*, le poète apparaît comme un être étranger à lui-même et s'invente une généalogie. Il se représente au travers d'identités successives, empruntées à la mythologie ou à la légende, d'Orphée au Chevalier errant.

Je suis le ténébreux[1], – le veuf, – l'inconsolé,
Le prince d'Aquitaine[2] à la tour abolie[3] :
Ma seule *étoile* est morte, – et mon luth constellé
Porte le *soleil noir* de la *Mélancolie*[4].

Dans la nuit du tombeau, toi qui m'as consolé,
Rends-moi le Pausilippe[5] et la mer d'Italie,
La *fleur*[6] qui plaisait tant à mon cœur désolé,
Et la treille où le pampre[7] à la rose s'allie.

---

1. **Le Ténébreux** : le héros du roman de chevalerie *Amadis de Gaule* (1508) de l'Espagnol Garci Rodríguez de Montalvo est surnommé le « Beau Ténébreux ». C'est un prince malheureux en amour.
2. **Le prince d'Aquitaine** : probablement Édouard de Woodstock (1330-1376), prince de Galles et prince d'Aquitaine, aussi surnommé le « Prince noir ». Gérard de Nerval s'invente ici une généalogie, en se considérant comme le descendant d'un prince.
3. **La tour abolie** : Gérard de Nerval croyait que son vrai nom de famille (« Labrunie ») signifiait la tour. Ici, elle est le symbole d'une dégradation après une ascension. Allusion possible à une carte du Tarot.
4. Allusion probable à la gravure d'Albrecht Dürer *Melancholia* (1514), dans laquelle apparaît un soleil noir.
5. **Pausilippe** : promontoire de la baie de Naples, où se situe le tombeau présumé du poète latin Virgile (70-19 av. J.-C.).
6. **La fleur** : référence probable à l'ancolie, symbole de la tristesse et de la folie.
7. **Pampre** : tige de vigne pouvant courir sur une treille ou un treillage.

Suis-je Amour ou Phœbus[1] ?… Lusignan ou Biron[2] ?
Mon front est rouge encor du baiser de la reine ;
J'ai rêvé dans la grotte où nage la sirène[3]…

Et j'ai deux fois vainqueur traversé l'Achéron[4],
Modulant tour à tour sur la lyre d'Orphée[5]
Les soupirs de la sainte et les cris de la fée.

Gérard de Nerval, « El Desdichado », *Les Chimères* [1854],
Gallimard, « Poésie », 2005.

1. **Amour** : dieu amour personnifié (Cupidon). **Phœbus** : autre nom d'Apollon, dieu de la poésie, dans la mythologie grecque et romaine, ayant comme attributs le soleil et la lyre.
2. **Lusignan**, **Biron** : deux puissantes familles du Poitou et du Périgord. Gérard de Nerval poursuit ici son invention d'une généalogie légendaire, se considérant comme le descendant d'une de ces grandes familles.
3. Allusion à une grotte de la baie de Naples, près du cap Misène.
4. **Achéron** : dans la mythologie grecque, fleuve qui encercle les Enfers, traversé par les morts pour leur dernier voyage. Personne ne peut franchir ce fleuve deux fois (seuls Ulysse et Héraclès l'ont fait).
5. **Orphée** : dans la mythologie grecque, musicien et poète, Orphée a reçu d'Apollon une lyre avec laquelle il charme les humains et les animaux sauvages. Lorsque Eurydice, son épouse, meurt, il descend grâce à sa lyre au royaume des morts et obtient la permission de ramener sa femme, à la condition de ne pas se retourner.

Questions sur les groupements de textes

Le sonnet ou l'art de la célébration

1. Quelle vision les poèmes de ce groupement donnent-ils de l'être aimé ou de l'amour ? Vous pouvez associer entre eux des poèmes se faisant écho.

2. Proposez un pastiche d'un des poèmes proposés. Par exemple, vous pouvez composer un sonnet « à la manière de » Ronsard. Vous conserverez la forme du sonnet, en tenant compte de son organisation (si besoin, relisez l'encadré « Rappelez-vous ! », p. 53 ou le glossaire p. 151) : la structure d'ensemble en deux quatrains suivis de tercets et le moment clé de la chute finale. Vous reprendrez également l'anaphore et éventuellement le mode d'énonciation (première personne et temps présent).

Poésie et mythologie

1. Relevez les différentes formes poétiques présentes dans ce groupement de textes. Proposez, pour chacune, une brève définition. À quel(s) siècle(s) chacune de ces formes poétiques apparaît-elle ? Vous pouvez vous aider du glossaire à la fin de l'ouvrage, p. 147-151.

2. Quelle source d'inspiration les poètes de ce groupement trouvent-ils dans la mythologie ?

Vers l'oral du Bac

Marie-Catherine-Hortense de Villedieu, « Philis, dans l'amoureux Empire », p. 109

➔ *Comment, dans ce sonnet, la poétesse exprime-t-elle, avec une grande sensualité, l'ambivalence du sentiment amoureux, du bonheur à la douleur d'aimer ?*

Conseils pour la lecture à voix haute

– Relevez d'abord la forme poétique et le type de vers, en comptant le nombre de syllabes des premiers vers et en faisant attention aux -e. Identifiez la structure du poème et suggérez-la par votre lecture, en changeant de ton entre les deux quatrains et les deux tercets.

– Observez les différentes émotions exprimées et les tonalités (lyrique, pathétique) qui se mêlent : vous veillerez à donner l'impression qu'il s'agit autant d'un sonnet d'amour que d'un poème élégiaque.

– Rendez votre lecture particulièrement expressive. Dans les quatrains notamment, soulignez les points d'exclamation, l'expression du désir ou encore le travail des sonorités (rimes et allitérations notamment).

– Mettez en valeur la leçon déployée dans les deux dernières strophes et, en particulier, la chute (dernier tercet).

Explication linéaire du texte

Introduction

Marie-Catherine-Hortense de Villedieu est une auteure du XVIIe siècle, dont la vie a été assez romanesque et l'œuvre féconde et variée. Elle s'est adonnée à la poésie, au théâtre et au roman. Le *Recueil de poésies de Mademoiselle Desjardins* (son nom de naissance) est caractérisé par un style galant et mondain, dans l'esprit de l'époque, et par un ton parfois libertin. Le sonnet suivant, composé d'octosyllabes, s'intéresse à la puissance de l'amour, jusqu'à en évoquer la dualité. Nous verrons comment la poétesse y exprime, avec une grande sensualité, l'ambivalence du sentiment amoureux, du bonheur à la douleur d'aimer. La structure du sonnet, en deux grandes étapes, guidera notre étude: d'abord la célébration paradoxale du bonheur et de la souffrance amoureuse (dans les deux quatrains); puis la leçon finale sur l'amour (dans les deux tercets).

Explication guidée

I. Vers 1 à 8: La célébration du bonheur et de la souffrance amoureuse

a. À qui la poétesse s'adresse-t-elle dès le début du poème (v. 1)? Relevez, aux vers 1-2, le type de phrase, ainsi que le pronom et le temps choisis: quelle est leur valeur? Que célèbre d'abord la poétesse?

b. Aux vers 3-4, repérez d'abord le sujet et le verbe choisis, puis la (les) figure(s) d'opposition. Notez ensuite les termes relevant de la tonalité pathétique. Quelle image ces vers donnent-ils de l'amour? Observez les mots rapprochés par la rime dans l'ensemble de la strophe.

c. Dans le second quatrain, quelle vision de l'amour est développée? Intéressez-vous à nouveau aux éléments suivants: le type de phrase, les sujets et le temps des verbes, le lexique, les antithèses, les mots unis par la rime.

II. Vers 9 à 14: Une leçon ambiguë sur l'amour

a. Quelle valeur revêt l'expression «Il est vrai» au début du premier tercet (v. 9)? Que désigne «l'objet de ses vœux» (v. 10)? Quelle nuance la poétesse introduit-elle, dans ce premier tercet, quant au bonheur amoureux évoqué précédemment?

b. Quel terme (v. 12) amorce un changement de perspective au dernier tercet? Comment peut-on comprendre l'expression «revoir ses amours» au vers 12?

c. Les deux derniers vers du poème donnent l'impression d'une chute: après avoir relevé le sujet des verbes, reformulez la dernière leçon qu'offre la poétesse sur l'amour.

Conclusion

Dans ce sonnet, la poétesse offre un tableau de la passion qui aspire à l'universalité. Elle amorce le poème par la célébration exaltée du bonheur d'aimer, avant de la nuancer, pour en reconnaître l'ambivalence. Le lyrisme enthousiaste est très vite contaminé par la tonalité pathétique, qui prend sa source dans le constat des douleurs causées par le désir, lié à la distance ou à l'absence de l'être aimé. Aussi la poétesse explore-t-elle le *topos* de l'amour comme source duale de malheur et de bonheur, qu'elle résume ainsi: « un aimable martyre! ». La leçon qu'elle offre au lecteur est donc ambiguë: le plaisir naîtrait précisément du soulagement de cette tension inhérente à l'attente. La peinture des passions est ici le fruit d'un travail plein d'esprit sur la langue et les images, de manière à saisir avec le plus de justesse possible le sentiment éprouvé. Enfin, dans la chute du poème, la poétesse évoque la joie intense des retrouvailles avec l'être aimé, qu'elles soient « réelles » ou fantasmées, vécues ou créées par la pensée. En creux, la poétesse semble évoquer le rôle de la mémoire et de l'écriture poétique qui, en permettant au souvenir amoureux de se dire, de s'écrire et de se partager, permet d'atteindre une autre forme de plaisir ou d'accomplissement.

Question de grammaire

Analysez la structure de la phrase du vers 5: « Qu'on est heureux quand on soupire! »

Pierre de Ronsard, sonnet XVI, « Je veux darder par l'univers ma peine », p. 115

➜ *Montrez comment ce sonnet exprime la souffrance née de l'amour, tout en révélant les sources de l'écriture poétique.*

Conseils pour la lecture à voix haute

– Identifiez d'emblée la forme poétique et le type de vers, en comptant le nombre de syllabes des premiers vers et en faisant attention aux -e. Observez la structure en deux quatrains et deux tercets. Dans votre lecture, vous marquerez une légère pause pour révéler chacun des mouvements.
– Ce poème est particulièrement musical. Mettez en valeur le rythme (essentiellement binaire), l'anaphore et les parallélismes, mais aussi les rimes embrassées et les enjambements qui confèrent à l'ensemble une grande fluidité. Entraînez-vous à le mettre en voix en tâchant de donner l'impression d'un chant, voire d'une incantation.
– Soulignez les différentes émotions que le poète exprime. Mettez en valeur le lyrisme des deux tercets et en particulier de la chute (v. 13-14).

Explication linéaire du texte

Introduction

Pierre de Ronsard, poète de la Renaissance et chef de file de la Pléiade, publie *Les Amours* en 1552. Il s'agit d'un recueil de cent quatre-vingt-trois sonnets amoureux, inspirés du *Canzoniere* de Pétrarque. Le poète y chante son amour pour une certaine Cassandre (Salviati) : lorsqu'il la croise en 1545 à la cour de Blois, il fait l'expérience du coup de foudre. Jeux d'esprits, comparaisons mythologiques, tout est bon pour célébrer la femme aimée, muse et « prétexte » littéraire à un travail virtuose de la langue poétique. L'éloge de la beauté contient également une invitation à réfléchir sur l'aspect éphémère de celle-ci et sur le passage du temps. Dans ce sonnet composé de décasyllabes, l'imaginaire antique est très présent, à travers des allusions mythologiques. Nous verrons comment ce poème exprime, en une plainte, la souffrance née de l'amour, tout en révélant les sources de l'écriture poétique. Nous suivrons le mouvement du sonnet, qui explore deux états différents chez le poète : l'expression de la souffrance amoureuse dans les deux quatrains, notamment grâce à la source mythologique ; puis le désir de transformer cette souffrance en poésie.

■ *Explication guidée*

I. Vers 1-8 : L'expression de la souffrance amoureuse

a. Donnez un aperçu de ce premier mouvement : quelle anaphore structure les deux quatrains ? Observez l'énonciation et le temps.

b. Quel sentiment les deux premiers vers expriment-ils ? Appuyez-vous sur le lexique choisi.

c. À quelle figure mythologie les vers 3-4 font-ils référence ? Déduisez-en la posture que le poète adopte par rapport à la femme aimée.

d. Quelles autres allusions mythologiques relevez-vous dans le second quatrain ? Quel point commun observez-vous entre les différents éléments évoqués ? Pourquoi, selon vous, le poète utilise-t-il le thème de la métamorphose ?

e. Dans ce premier mouvement, quelles sont les tonalités dominantes ? Quelle vision de l'amour est suggérée ?

II. Vers 9-14 : La souffrance comme source d'inspiration et de création poétique

a. Quelle répétition relevez-vous dans les deux tercets ? Quel est l'effet produit ?

b. Aux vers 9-10, comment le thème de la métamorphose réapparaît-il ?

c. Dans la dernière strophe, à quel(s) mythe(s) la « fleur » (v. 13) peut-elle renvoyer ? Que symbolise-t-elle, selon vous ?

d. Quels points communs observez-vous entre les vers 11 et 14 ? En vous intéressant aux marques de personne dans les tercets, demandez-vous qui est finalement le sujet principal du sonnet : la femme aimée ou le poète ?

Conclusion

Ce sonnet a pour thème apparent la souffrance amoureuse. Loin de célébrer la beauté de la femme aimée, comme dans d'autres poèmes des *Amours*, le poète déplore la froideur de celle-ci, suggérant un désir inassouvi, une absence ou un manque. Par le recours à la source mythologique, par l'effet incantatoire de l'anaphore et le déploiement du lyrisme élégiaque, le poète affirme la nécessité d'exprimer sa peine. Il s'agit de faire entendre sa voix pour ne plus percevoir celle de « [s]a Sirène », la femme qu'il aime et désire en vain, comme si l'expression poétique pouvait maintenir à distance le désir et la souffrance. Mais la plainte que le poète répand d'un bout à l'autre du sonnet va au-delà de sa douleur individuelle. Elle acquiert en effet une dimension universelle en s'étendant aux éléments naturels et en faisant écho aux grands mythes antiques. C'est pourquoi elle peut toucher à la fois ses contemporains et la postérité. Finalement, ce sonnet aux enjeux méta-poétiques permet autant d'exprimer la puissance du sentiment amoureux qu'à préciser le sens de l'écriture poétique des *Amours*. Sous l'apparence de la confession intime, c'est un projet littéraire que poursuit en effet Pierre de Ronsard : il s'agit de puiser dans les souffrances nées de l'amour la source de la création poétique.

Question de grammaire

Étudiez le vers 14 : « Qui de mon nom et de mon mal soit peinte ».
Quelle est la nature du mot « qui » ? Quel est son antécédent ?
Quelle est la nature et quelle est la fonction de la proposition ?
Indiquez le temps et mode du verbe « soit » et justifiez son emploi.

Vers le Bac

Vers l'oral du Bac

Explications linéaires proposées dans l'ouvrage

Louise Labé, *Poésies*

→ Élégie I (v. 1-20), Arrêt sur lecture 1, p. 36-38

→ Sonnet VIII, « Je vis, je meurs… », Arrêt sur lecture 2, p. 54-56

→ Sonnet XXIV, « Ne reprenez, Dames… », Arrêt sur lecture 3, p. 73-75

Groupements de textes
Le sonnet ou l'art de la célébration

→ Marie-Catherine-Hortense de Villedieu, *Recueil de poésies de Mademoiselle Desjardins*, p. 124-126

Poésie et mythologie

→ Pierre de Ronsard, *Les Amours*, p. 127-129

Vers l'exposé et l'entretien avec l'examinateur

Lors de la seconde partie de l'épreuve orale, vous devrez présenter **une œuvre au choix, parmi celles étudiées en classe ou proposées en lecture cursive.** Cet exposé sera suivi d'un **entretien avec l'examinateur.**

L'examinateur évaluera vos capacités à **rendre compte de votre connaissance de l'œuvre**, à **partager vos impressions de lecture**, mais aussi à **défendre votre point de vue** en argumentant et en dialoguant et à **témoigner de votre implication personnelle.**

Préparer votre présentation

Choisissez l'œuvre que vous allez présenter en fonction de **vos goûts personnels** : n'oubliez pas que vous devrez **justifier votre choix**, **montrer votre enthousiasme** et partager vos réflexions sur votre expérience de lecture.

Préparez une présentation synthétique en constituant des **fiches de révision** ou un **dossier**. Notez **vos impressions de lecture**, mais aussi vos **analyses et interprétations** de l'œuvre (structure, thèmes, personnages...). Vous pouvez vous appuyer sur vos **activités d'appropriation**.

✔ Aide

Si vous avez choisi de présenter *Poésies*, vous pouvez préparer votre présentation en vous aidant des rubriques suivantes :

➡ Fiches (p. 87-101)

➡ Carnet de lecture (p. 84-85)

➡ Activités d'appropriation (p. 77-79)

➡ Prolongements artistiques et culturels (p. 79-80)

Élargissez vos connaissances de l'œuvre en faisant quelques **recherches sur l'auteur**, le **contexte historique** et le **mouvement artistique et culturel**.

Témoignez également de **votre culture personnelle** en établissant des **liens avec d'autres œuvres, artistiques, cinématographiques ou littéraires**, pour les comparer au texte que vous aurez choisi.

Préparer l'entretien avec l'examinateur

Voici quelques questions que vous pouvez vous poser pour préparer au mieux l'entretien avec l'examinateur :

– Pourquoi avez-vous choisi cette œuvre ? En quoi vous a-t-elle intéressé(e) ?

– Que savez-vous de l'auteur et de la réception de cette œuvre ?

– Quelles émotions avez-vous ressenties à la lecture ou quelles réactions la lecture de cette œuvre a-t-elle suscitées chez vous ?

– À quoi vous attendiez-vous avant de lire cette œuvre ? Avez-vous changé d'avis au fil de la lecture ?

– Pouvez-vous commenter le titre du parcours associé ? En quoi l'œuvre que vous avez choisie se rattache-t-elle à ce parcours ?

Si vous avez choisi de présenter *Poésies* de Louise Labé, vous pouvez également vous interroger sur les points suivants :

– En quoi cette œuvre poétique vous a-t-elle séduit(e) ?

– De quelles manières les poèmes de Louise Labé peuvent-ils illustrer les propos suivants de la poétesse : « Le plus grand plaisir qui soit après amour, c'est d'en parler. » (*Débat de Folie et d'Amour*) ?

Pour nourrir et illustrer votre réflexion, faites référence à des poèmes (élégies ou sonnets) en particulier, qui vous ont étonné(e) et/ou touché(e), sans oublier la préface.

Voici d'autres pistes à explorer en vue de l'entretien :

– **La diversité des inspirations de Louise Labé** (➡ voir Fiche 7, p. 98-99) Dans quelle période de l'histoire littéraire s'inscrit-elle ? De quel mouvement ou école littéraire est-elle proche ? Dans quelle période ou dans quels mouvements de l'histoire littéraire puise-t-elle ? Quels contemporains l'inspirent ou entretiennent un dialogue poétique avec elle ?

– **La composition du recueil**

Mettez en évidence les trois parties du recueil. Parmi les vingt-cinq sonnets, constituez des groupes de poèmes selon leur(s) thème(s) commun(s).

– **Les « destinataires » des poèmes**

À qui la poétesse s'adresse-t-elle dans la lettre-dédicace, dans les élégies, dans les sonnets ?

– **La source antique**
Quelles figures mythologiques rencontre-t-on dans l'œuvre de Louise Labé ? Pourquoi ce(s) choix ? Vous pourrez développer l'une d'entre elles, qui vous aurait particulièrement marqué(e) durant l'étude de cette œuvre.

Vers l'écrit du Bac

Commentaire VOIE GÉNÉRALE

Sujet

Vous commenterez le poème « La jeune Tarentine », extrait du recueil *Bucoliques* d'André Chénier, proposé dans le Groupement de textes « Poésie et mythologie », p. 119-120.

Problématique

Comment, dans cette élégie, le poète transfigure-t-il le récit de la mort de la jeune fille ?

Introduction rédigée

André Chénier est un poète lyrique et élégiaque de la seconde moitié du XVIIIe siècle, précurseur du romantisme. Le recueil des *Bucoliques* a été publié de manière posthume. Excellent connaisseur et admirateur de la Grèce antique, André Chénier s'inspire dans ce recueil de la poésie de l'Antiquité et en particulier de Virgile (les *Bucoliques*). Il compose de courts poèmes à sujets mythologiques ou familiers, qui célèbrent l'amour dans un décor champêtre ou traitent des thèmes traditionnels de la nature, de la séparation et de la mort, dans une atmosphère nostalgique. Le poème « La jeune Tarentine » fait partie des pièces inachevées de ce recueil. Composé de trente alexandrins à rimes suivies et sans forme fixe identifiable, il a été publié pour la première fois sous le titre « Élégie dans le goût de l'ancien ». D'inspiration antique, il met au cœur de son récit la jeune Myrto qui, sur la traversée l'amenant à son fiancé pour leurs noces, fait naufrage et périt. Dès lors, le poème apparaît comme une élégie ou un chant funèbre, en hommage à la disparue.

Nous nous demanderons comment, dans cette élégie, le poète transfigure le récit de la mort de la jeune fille. Nous analyserons d'abord les grandes étapes du récit que donne à lire ce poème narratif, puis nous nous intéresserons à la figure de la fiancée noyée et à son voyage symbolique. Enfin, nous étudierons la déploration mélancolique déployée par cet éloge funèbre.

Plan détaillé

I. Un poème narratif : les grandes étapes du récit

a. Le cadre de l'histoire est maritime. Relevez le champ lexical de la mer dans le poème. Ce cadre est-il d'inspiration réaliste ou imaginaire ?

b. Dégagez la structure d'ensemble du poème. Puis décomposez les grandes étapes du récit central (vers 4 à 26), c'est-à-dire l'histoire de Myrto (son mariage, sa mort, la cérémonie funèbre).

c. L'essentiel de l'histoire est rapporté aux temps du récit. Relevez-les, éventuellement dans un tableau, en indiquant leur valeur. Quel temps apparaît aux vers 13-14 et 20-21 et en quoi participe-t-il à l'effet de dramatisation du récit ?

II. La figure de la fiancée noyée : un voyage de l'amour à la mort

a. Le poème mêle les thèmes du mariage et de la mort : relevez-en les champs lexicaux. Repérez les étapes du poème qui correspond à chacun des genres poétiques suivants : idylle, épitaphe et éloge funèbre. (Vous pouvez vous aider du glossaire, p. 147-151.) En quoi le voyage de l'héroïne est-il symbolique ?

b. Relevez les différentes références à la mythologie. En quoi la source antique permet-elle de transfigurer la violence de la mort ?

c. Cette élégie s'inspire également de l'histoire d'Ophélie, héroïne de William Shakespeare. Après avoir fait des recherches sur l'histoire de celle-ci, montrez les points communs entre Ophélie et Myrto.

III. Un chant funèbre : la déploration mélancolique

a. Quels sont les différents destinataires du poème ?

b. Ce poème est une élégie. Montrez qu'il exprime une plainte, tout en évitant de parler trop directement de la mort, grâce à l'euphémisme.

c. Comment le poète transforme-t-il la mort de la jeune fille en chant poétique ? Vous étudierez la musicalité du poème, en relevant notamment les répétitions.

Conclusion rédigée

Ce poème lyrique et narratif se présente d'abord comme un petit tableau célébrant les noces à venir d'une jeune fiancée, « Myrto, la jeune Tarentine ». Mais le récit du naufrage et de la mort de l'héroïne, « au sein des flots », fait basculer l'idylle dans l'élégie, plainte mélancolique. Nourri de références antiques, le poème peut alors se lire comme une épitaphe (une inscription funéraire), ou comme un éloge funèbre, rendant hommage à la jeune fille disparue. La musicalité de cette élégie et son rythme lancinant, avec ses effets d'échos, composent en effet un chant funèbre, qui accompagne le deuil et le prolonge. En s'adressant directement à l'héroïne, à la fin du poème, le poète semble redonner vie à la jeune fille, comme si la parole était à l'origine d'une résurrection. Le poème laisse enfin apparaître un *memento mori* : une leçon sur la fragilité de l'existence. Par sa double inspiration antique et préromantique, avec le thème à la fois mythologique et shakespearien de la jeune noyée, cette « élégie dans le goût de l'ancien » rend finalement compte de la transition entre la tradition classique et le romantisme, qui se déploiera au XIXe siècle.

Commentaire VOIE TECHNOLOGIQUE

■ *Sujet*

Vous commenterez le poème « Et la mer et l'amour… », extrait du *Recueil des vers* de Pierre de Marbeuf, proposé dans le Groupement de textes « Le sonnet ou l'art de la célébration », p. 107-108.

Vous pourrez vous aider du parcours de lecture suivant :

– vous étudierez d'abord l'analogie filée entre l'amour et la mer, lieu commun de la poésie lyrique traditionnelle ;
– vous analysez ensuite la vision singulière et personnelle donnée de la passion.

Problématique

Montrez comment le poète se réapproprie des motifs traditionnels de la poésie amoureuse pour composer un tableau à la fois personnel et universel de la passion.

Introduction rédigée

Le poète Pierre de Marbeuf est apprécié pour ses talents satiriques et pour sa poésie lyrique, qui évoque l'amour, la nature et la fragilité de la vie. Le sonnet « Et la mer et l'amour… » est le plus connu de son *Recueil des vers*, publié à Rouen en 1628. Composé de deux quatrains et deux tercets d'alexandrins, ce poème dépeint l'intensité douloureuse de la passion amoureuse. D'aspect assez conventionnel, il reprend une analogie traditionnelle entre l'amour et l'eau, dans un travail de l'image, des sonorités et du rythme parfaitement maîtrisé. Comment, dans ce sonnet, le poète se réapproprie-t-il des motifs traditionnels de la poésie amoureuse, pour composer un tableau à la fois personnel et universel de la passion ? Nous étudierons, dans un premier temps, l'analogie filée entre l'amour et la mer, *topos* lyrique, au sein d'un tableau universel sur l'amour. Dans un second temps, nous nous intéresserons à la vision singulière que le poète donne de la passion, entre désordre et douleur, dans ce sonnet élégiaque, aux résonances baroques.

Plan détaillé

I. Un poème d'amour conventionnel ?

a. Indiquez à qui ce sonnet est adressé : en quoi la dédicace initiale est-elle conventionnelle ? Dans les trois premières strophes, observez l'énonciation et les sujets des verbes : comment le poème donne-t-il d'abord l'impression d'une réflexion universelle sur l'amour ?

b. Sur quelle analogie le poème repose-t-il ? Relevez les points communs entre la mer et l'amour. Quelle référence mythologique vient renforcer leur rapprochement ?

c. Cette association entre la mer et l'amour permet également au poète de donner au sonnet une grande musicalité. Intéressez-vous au travail des sonorités et du rythme : quel est l'effet produit ?

II. Un tableau personnel du désordre amoureux

a. Relevez les champs lexicaux de la souffrance et du feu. Quelle tonalité apparaît alors ?

b. Indiquez les comparaisons et les antithèses, en commentant leurs effets. En quoi l'amour est-il ici associé à l'instabilité ?

c. Observez l'énonciation dans le dernier tercet : relevez les termes qui indiquent la double présence du poète et de son destinataire. Qu'en déduisez-vous sur la portée du poème ? Comment la chute, au dernier vers, semble-t-elle résoudre la contradiction concernant l'amour (entre l'eau et le feu) ?

Conclusion rédigée

Dans ce sonnet adressé « à Philis », Pierre de Marbeuf reprend des *topoï* de la poésie lyrique et élégiaque, qu'il renouvelle par son travail de l'image et de la musicalité. En effet, il déploie sur l'ensemble du poème une analogie entre l'amour et la mer, et une antithèse entre le feu et l'eau, qui lui permettent d'exprimer à la fois l'intensité et l'instabilité du sentiment amoureux. Le thème du désordre amoureux contraste avec l'harmonie qui émerge du poème, née des nombreux jeux d'échos rythmiques, sonores, et même visuels. Le lecteur est bercé par le rythme des vers, reflet du balancement de la mer. Pourtant, il perçoit la détresse du poète, qui exprime les dangers de l'amour : l'amertume, la souffrance, les sentiments extrêmes, la vulnérabilité. S'agit-il de sentiments vécus ou de généralités sur l'amour ? La dédicace initiale, quoique conventionnelle (Philis), et l'apparition finale du sujet poétique donnent l'impression que le poète s'inspire de son expérience personnelle, pour offrir un tableau qui tend vers l'universel. Cette vision de l'amour, comme passion et tourment, s'inscrit *in fine* dans le courant baroque, par l'intérêt du poète pour les éléments naturels, pour le mouvement, et par sa conscience de la fragilité de l'existence humaine. Ce sonnet apparaît finalement comme un exercice de virtuosité destiné à mettre en valeur l'originalité de l'artiste, entre baroque et préciosité, sa maîtrise du jeu poétique et sa recherche de la perfection sonore.

Le commentaire

Méthode BAC

Étape 1 **Comprendre le texte**

• Dans un commentaire, vous rendez compte de la lecture d'un texte de façon organisée. Vous éclairez le sens du texte en vous demandant comment il a été écrit et avec quels effets.

Étape 2 **Situer le texte**

• Pour comprendre les enjeux d'un texte, situez-le dans son contexte:
  – historique (quel siècle? quelle époque?);
  – littéraire (quel mouvement littéraire?);
  – éventuellement, biographique (informations sur la vie de l'auteur).

• Repérez le nom de l'auteur, la date de l'œuvre dont le texte est extrait: ces informations sont utiles pour situer l'œuvre dans son contexte historique et cerner le mouvement littéraire auquel appartient l'auteur.

Étape 3 **Dégager le sens du texte**

• Relisez le texte plusieurs fois. Comment pouvez-vous le résumer? Quelles sont vos impressions? Notez tout cela au brouillon. C'est un point de départ pour trouver des axes de lecture.

• Demandez-vous: Qui «parle» ou «raconte»? À qui? De quoi le texte parle-t-il? Comment est-il organisé (progression, mouvements)? Quelle est la tonalité dominante?

• Puis, étudiez le texte dans le détail en utilisant les outils d'analyse de l'étape 4 (ci-dessous).

Étape 4 **Utiliser les bons outils d'analyse en fonction du genre**

• Observez le texte et le paratexte et posez-vous les questions suivantes: comment le texte est-il disposé? À quel genre appartient-il?

- Dans le cas de la poésie, étudiez en particulier:
  - la forme du poème: reconnaissez-vous une forme fixe (sonnet...)? S'agit-il de vers réguliers, de vers libres, d'un poème en prose?
  - la versification: le type de vers (mètre) et de rimes;
  - le rythme: les jeux rythmiques (rythme binaire, ternaire, ascendant ou descendant, effets particuliers de la métrique de certains vers, diérèse);
  - la musicalité: les effets sonores (assonances, allitérations);
  - les figures de style: les images en particulier;
  - l'énonciation: la marque de la présence du poète («je»); des adresses ou apostrophes;
  - la tonalité: souvent lyrique, élégiaque; parfois pathétique, tragique; dimension réaliste ou fantastique, satirique ou ironique ;
  - la phrase: la ponctuation (ou son absence) et la syntaxe (enjambements? rejets ou contre-rejets?)...

Dissertation VOIE GÉNÉRALE

Sujet

Selon le critique Émile Henriot (*Le Temps*, 1924), Louise Labé « brode à ravir sur l'amour, le platonisme, la galanterie et les bienséances ». Pouvons-nous dire que l'œuvre poétique de Louise Labé porte uniquement sur la passion amoureuse ?

Problématique

Les *Poésies* de Louise Labé, si elles sont inspirées par le thème de la passion amoureuse, s'intéressent-elles à d'autres pans de l'existence humaine ?

Introduction rédigée

Depuis les intrigues amoureuses des dieux et des mortels dans la poésie antique, l'amour courtois que chantaient les troubadours au Moyen Âge, ou encore le chant des poètes de la Renaissance en l'honneur de leur muse, on associe la poésie à l'amour. La poésie lyrique est en effet l'espace littéraire traditionnel où exprimer ses émotions, ses sentiments, son désir. S'agissant de l'œuvre de Louise Labé, c'est en pleine Renaissance que le regard et la voix d'une femme explorent le sentiment amoureux. Louise Labé reconnaît elle-même l'omniprésence de ce thème dans son œuvre : « Quand vous lirez, ô Dames Lyonnaises, / Ces miens écrits pleins d'amoureuses noises [...] » (élégie III, v. 1-2). C'est pourquoi ce critique du début du XXe siècle déclare à son sujet : « elle brode à ravir sur l'amour, le platonisme, la galanterie et les bienséances » (Émile Henriot, *Le Temps*, 1924). Pour autant, lorsqu'on lit son œuvre poétique dans son intégralité, incluant certes les vingt-cinq sonnets amoureux, mais aussi trois élégies et une lettre-dédicace argumentative, on peut se demander si ce propos n'est pas un peu réducteur. En effet, l'œuvre de la poétesse de l'école lyonnaise n'explore-t-elle pas d'autres pans de l'existence humaine ?
Ainsi, nous nous demanderons quelle vision du monde vaste et singulière l'œuvre de Louise Labé véhicule, au-delà du tableau de l'amour.
Dans un premier temps, nous montrerons qu'il s'agit d'une poésie inspirée par l'amour et exprimant le désordre amoureux, avant de nous intéresser, en second lieu, à la voix et à la vision singulières du monde qui émane de son œuvre, débordant le seul thème amoureux.

Plan détaillé

I. Une poésie inspirée par l'amour qui exprime le désordre amoureux

a. Montrez que, dans les élégies et les sonnets de Louise Labé, le thème amoureux est omniprésent.

b. En quoi ses poésies expriment-elles en particulier les souffrances causées par l'amour ?

c. L'œuvre poétique de Louise Labé compose, par touches, un portrait du sujet amoureux. En quoi est-ce l'instabilité émotionnelle qui semble dominer ?

II. Une œuvre personnelle, audacieuse et moderne, explorant d'autres thèmes que l'amour

a. En quoi Louise Labé s'inspire-t-elle de son expérience personnelle ? Quel autoportrait en amante offre-t-elle ? Montrez enfin qu'elle ose exprimer le désir féminin.

b. En quoi une conscience baroque de la fragilité de l'existence humaine émerge-t-elle de certains poèmes ?

c. Comment et pourquoi la poétesse, tout au long de son œuvre, sollicite-t-elle les femmes ? Montrez que la préface en particulier manifeste une lucidité sur la situation des femmes et propose un programme féministe.

Conclusion rédigée

Pour conclure, la poésie lyrique de Louise Labé est effectivement inspirée par l'amour. Elle revient, dès les premières élégies, sur ses premières amours et, tout au long des vingt-cinq sonnets, rapporte les multiples émotions et sensations qu'elle a éprouvées en aimant. Le lecteur constate donc, à l'image du critique, que Louise Labé « brode à ravir sur l'amour, le platonisme, la galanterie et les bienséances ». Mais la poétesse, qui dans la préface de son œuvre invite les femmes à « élever un peu leurs esprits par-dessus leurs quenouilles et fuseaux », ne se contente pas de « brode(r) » sur l'amour. S'inspirant du platonisme, de Pétrarque et de la poésie amoureuse en vogue à son époque, elle donne du sentiment amoureux une vision singulière et personnelle. En effet, au milieu des recueils composés par des hommes en l'honneur d'une figure féminine largement idéalisée, c'est ici une femme poétesse qui ose exprimer son désir et relater son expérience. Or, il s'agit là d'une expérience unique et sensuelle. Au chant d'amour, se mêle la plainte assumée de l'amante blessée. Et derrière l'instabilité du sentiment amoureux, c'est toute la fragilité de l'existence humaine qui apparaît. En cela, la poésie de Louise Labé annonce la transition vers le pessimisme du courant baroque. À l'image de la lettre-dédicace adressée à son amie Clémence de Bourges, toute son œuvre poétique sollicite les femmes, en les invitant à réfléchir à leur place dans le rapport amoureux et même dans la société. Elle offre ainsi aux lectrices et lecteurs la leçon de vie de celle qui a aimé et assume son vécu, ainsi qu'une double invitation à aimer et à écrire. La suite de la citation du critique Émile Henriot le confirme d'ailleurs: elle « lève aussi avec un grand bon sens l'étendard des revendications féminines les plus fortes ».

Méthode BAC

La dissertation

Étape 1 Analyser le sujet

- Retrouvez l'objet d'étude dans lequel l'œuvre s'insère.
- Repérez les mots-clés. Notez-les au brouillon et définissez-les.
- Identifiez ce que le sujet invite à faire: expliquer une citation, discuter un jugement…
- Reformulez le sujet en une question simple, qui vous aidera à trouver la problématique.

Étape 2 Formuler la problématique

La problématique est la question soulevée par le sujet, à laquelle votre dissertation va répondre. Il en existe deux sortes:
– une question proposant deux possibilités de réponse: thèse 1 ou thèse 2;
– une question simple: la reformulation du sujet à partir de l'analyse des mots-clés.

Étape 3 Choisir un type de plan

Il existe deux grands types de plan:

• le plan dialectique, pour un sujet ou une problématique formulés en une question alternative (thèse 1 ou 2?).

Le plan se construit généralement en 2 ou 3 parties:

I. Certes, ...Thèse 1

II. Mais, ...Thèse 2 (ou antithèse)

III. Synthèse (facultatif): on cherche à dépasser l'opposition entre les thèses 1 et 2, en la nuançant ou en proposant une autre vision du sujet.

• le plan thématique, pour une question ouverte.

Chaque partie envisage un aspect de la réponse (thème, vision, implication ou conséquence).

Étape 4 Trouver des exemples

• Recherchez dans l'œuvre des exemples. Il s'agit de trouver, idéalement, au moins un exemple par sous-partie.

• Un exemple est une référence à un poème, une citation, qu'il faudra commenter. Quelle figure de style? Quelle(s) interprétation(s) possible(s)?

• Notez chaque référence (au moins le numéro de vers en question) sur votre brouillon, et éventuellement un ou plusieurs mot(s)-clé(s) pour l'interprétation.

Fenêtres sur...

Des ouvrages à lire

Une autre œuvre de Louise Labé

- *Débat de Folie et d'Amour* [1555], in *Œuvres complètes*, Flammarion, « GF », 2020.

Des recueils poétiques en lien avec Louise Labé

- Maurice Scève, *Délie. Objet de plus haute vertu* [1544], Gallimard, « Poésie », 1984.
- Pernette du Guillet, *Rymes* [1545], in Louise Labé, *Œuvres poétiques*, Gallimard, « Poésie », 1983.
- Clément Marot, *Les Épîtres*, Gallimard, « Poésie », 2021.
- Anthologie *Quelqu'un plus tard se souviendra de nous*, Gallimard, « Poésie », 2010.

Sur Louise Labé

- Mady Dépillier, *Louise Labé. La première féministe*, éditions du Losange, 2002.
- Madeleine Lazard, *Louise Labé*, Fayard, 2004.
- Michel Peyramaure, *La Scandaleuse. Le roman de Louise Labé*, Calmann-Lévy, 2020.

Sur les femmes en littérature

- Ouvrage collectif, *Des femmes en littérature. 100 textes d'écrivaines à étudier en classe*, Belin-Éditions des femmes-Antoinette Fouque, 2018.

Des œuvres d'art à découvrir

Histoire des arts

(Les œuvres citées ci-dessous peuvent être vues sur Internet.)

Œuvres d'art en lien avec Louise Labé ou la Renaissance

- Jean Clouet, « Portrait de Marguerite de Navarre, femme de lettres et poétesse », vers 1527, huile sur bois, musées de Liverpool (Royaume-Uni).
- Giovanni Cariani, *Le Concert*, v. 1518-1520, huile sur toile, National Gallery of Art, Washington (États-Unis).
- Le Caravage, *Garçon avec un panier de fruits*, 1593, huile sur toile, galerie Borghèse, Rome (Italie).

Représentations de personnages mythologiques

- Raphaël, *Le Parnasse*, 1511, fresque (détail), musées du Vatican, Rome.
- Hans Holbein le Jeune, *Laïs de Corinthe*, 1526, huile sur bois, Kunstmuseum, Bâle (Suisse).
- Camille Corot, *Orphée ramenant Eurydice du royaume des morts*, 1861, huile sur toile, Museum of Fine Arts, Houston (États-Unis).
- Jules-Élie Delaunay, *Sapho embrassant sa lyre*, 1876, huile sur bois, musée des Beaux-Arts, Brest.
- William-Adolphe Bouguereau, *Cupidon*, 1891, huile sur toile, collection particulière.

@ *Des sites Internet à consulter*

- **Le site La compagnie littéraire**

– « Louise Labé : la plus grande poétesse de la Renaissance française » :
www.compagnie-litteraire.com/louise-labe
– « La place des femmes à la Renaissance » :
www.compagnie-litteraire.com/place-femme-renaissance

Glossaire

Allégorie : figure de style consistant à représenter de manière concrète une idée abstraite, un sentiment ou un principe. Exemple : Cupidon, souvent représenté sous la forme d'un ange, avec des ailes et tirant une flèche avec un arc, est une allégorie de l'amour.

Allitération : répétition d'un son produit par une ou des consonnes. Exemple : l'allitération en [m] aux vers 7-8 du sonnet II (p. 42) : « Ô mille morts en mille rets tendues, / Ô pires maux contre moi destinés ! » (➡ voir aussi « Assonance »).

Anaphore : figure de style qui consiste à répéter un mot ou une expression en début de vers ou de strophe. Exemple : « Donne m'en un » dans le sonnet XVIII, p. 63.

Antithèse : figure de style consistant en une opposition de mots, d'expressions ou d'idées. Exemple : « Je vis, je meurs ; je me brûle et me noie » (sonnet VIII, v. 1, p. 48).

Apostrophe : procédé oratoire consistant à interpeller directement une personne ou une chose personnifiée. Exemple : « Luth, compagnon de ma calamité » (sonnet XII, v. 1, p. 57).

Assonance : répétition d'un son produit par une ou des voyelles. Exemple : « Ô beaux yeux bruns, ô regards détournés, / Ô chauds soupirs, ô larmes épandues » (sonnet II, v. 1-2, p. 42).

Baroque : du portugais *barroco*, « perle irrégulière » (en joaillerie). Mouvement culturel et artistique de la fin de la Renaissance, qui se déploie en Europe jusqu'au XVIIIe siècle. Il se caractérise par un style particulier (le goût du mouvement, du contraste, de la sensualité, de la dramatisation, de l'exubérance), une esthétique cherchant à surprendre le spectateur, jusqu'à la bizarrerie ; enfin des thèmes tels que l'instabilité, le temps qui passe (*tempus fugit*), la conscience de la mort (*memento mori*). ➡ Voir les poètes baroques des groupements de textes 1 (Pierre de Marbeuf) et 2 (Théophile de Viau), « l'annonce du baroque » dans l'œuvre de Louise Labé dans la Fiche 2 (p. 89) et l'explication du sonnet VIII (Arrêt sur lecture 2, p. 54-56).

Blason : poème de forme libre, qui célèbre l'être aimé à travers un éloge d'une partie de son corps. Exemple : sonnet II, p. 42.

Césure : point fixe qui permet de diviser un vers régulier long en deux parties (deux « hémistiches »). Il est convenu de marquer une légère pause à la césure. Le décasyllabe classique comporte traditionnellement une césure après la quatrième syllabe accentuée (4//6). Exemple : « Je vis, je meurs ; je me brûle et me noie » (sonnet VIII, v. 1, p. 48).

Comparaison : figure de style qui permet de rapprocher deux réalités différentes par le moyen d'un mot outil (*comme*, *tel que*...). Exemple : « Et de mes yeux la beauté comparée / À deux soleils » (sonnet XXIII, v. 3-4, p. 68).

Décasyllabe : vers composé de dix syllabes.

Dédicace : hommage qu'un auteur fait de son œuvre à quelqu'un (le dédicataire), en la lui adressant ou en la lui dédiant par une mention imprimée en tête du livre.

Diérèse : fait de prononcer et de compter en deux syllabes une suite de deux voyelles. Exemple : le mot « vi/e » (sonnet VIII, v. 3, p. 48).

Élégiaque : tonalité relevant du lyrisme ; expression lyrique de la mélancolie, de la perte, de la souffrance ou de la mort. On parle de « lyrisme élégiaque » lorsque les sentiments exprimés par le sujet poétique sont associés à la tristesse et source d'une plainte. Exemple : les sonnets exprimant une complainte amoureuse.

Élégie: du grec *elegos* «chant de deuil». L'élégie, forme poétique de l'Antiquité, devient à la Renaissance un poème lyrique de forme libre, exprimant une plainte ou une lamentation. Exemple: le poème d'André Chénier «La jeune Tarentine» (groupement de textes 2, p. 119).

Éloge funèbre (ou oraison funèbre): discours oral ou texte (poétique ou en prose), prononcé à la mémoire d'une personne défunte, généralement lors de son enterrement ou d'une cérémonie de commémoration, et faisant l'éloge de celle-ci. (➡ voir aussi «Épitaphe»).

Enjambement: cas de discordance entre le vers et la phrase, lorsqu'un groupe syntaxique (proposition, phrase) commence au début d'un vers et se poursuit au(x) vers suivant(s). Exemple: «Luisant Soleil, que tu es bienheureux / De voir toujours de t'Amie la face!» (sonnet XXII, v. 1-2, p. 67).

Énumération: accumulation de mots ou d'expressions juxtaposées. Exemple: «Ô ris, ô front, cheveux, bras, mains et doigts!» (sonnet II, v. 9, p. 42).

Épitaphe: **1.** inscription funéraire figurant sur une pierre tombale ou un monument funéraire; **2.** genre littéraire: un poème élogieux, élégiaque ou satirique, destiné à servir la mémoire de quelqu'un. (➡ voir aussi «Éloge funèbre»).

Épître: lettre (au sens de correspondance), missive, ou court traité (philosophique, religieux...) exposé sous la forme d'une lettre.

Humanisme: mouvement culturel, philosophique et artistique de la Renaissance, né en Italie au XIVe siècle et se développant dans le reste de l'Europe au XVIe siècle, qui se caractérise par la foi en l'humain et ses valeurs «humanistes», par une soif de connaissances et, en littérature, par la redécouverte des textes de l'Antiquité.

Hyperbole: figure de style consistant en une exagération qui souligne avec force une idée. Exemple: «je meurs» (sonnet VIII, v. 1, p. 48).

Idylle: petite ode amoureuse dans un cadre champêtre, ou petit poème bucolique ou pastoral, sur les amours idéalisés des bergers. Par extension, œuvre contemplative d'inspiration bucolique, puis histoire d'amour tendre, naïve et idéalisée. Exemple : sonnet XV, p. 60.

Lyrique : tonalité privilégiant l'expression personnelle (« je ») de sentiments intimes, par exemple l'amour, avec émotion et exaltation. La poésie lyrique s'inscrit dans une quête artistique et plus précisément musicale. Exemple : toute la poésie de Louise Labé est lyrique.

Lyrisme : type d'énonciation centrée sur le « je » et sur l'expression subjective et passionnée de sentiments personnels (notamment l'amour). Cette forme d'expression poétique aspire à une certaine musicalité, en lien avec son origine, la lyre (attribut d'Apollon, dieu grec des arts, du chant, de la musique et de la poésie, et d'Orphée, poète et musicien).

Maxime : formule brève ou énoncé sentencieux (sentence, proverbe) formulant une vérité générale, une règle de conduite ou une morale universelle. Exemple : « Ainsi Amour prend son plaisir à faire / Que le veuil d'un soit à l'autre contraire » (élégie I, p. 22).

Métaphore : figure de style consistant à associer deux réalités différentes directement (sans mot outil), en vue d'établir entre elles une relation d'analogie ; image poétique. On parle de métaphore filée lorsque l'auteur développe l'analogie sur plusieurs vers ou strophes. Exemple : la métaphore du feu : « Par toi, ami, tant véquis [vécus] enflammée / Qu'en languissant par feu suis consumée / Qui couve encor sous ma cendre embrasée [...] » (élégie II, p. 27).

Métonymie : figure de style de substitution, consistant à remplacer un mot par un autre, qui lui est lié par un rapport logique. Exemple : « Ô cœur félon » (sonnet XI, v. 5, p. 51) renvoie à l'amant.

Mythologie : ensemble des mythes qui appartiennent à un peuple, en particulier à la civilisation antique.

Parallélisme : figure de style qui consiste à répéter la même construction syntaxique. Exemple : « Tant que mes yeux pourront larmes épandre » / « Tant que ma main pourra les cordes tendre » (sonnet XIV, v. 1 et 5, p. 59).

Pathétique : dérivé du grec *pathos*, « souffrance », « passion », « affect », la tonalité pathétique exprime une émotion vive et profonde, qui naît du spectacle ou de l'évocation de la souffrance, et suscite la pitié ou la compassion du lecteur.

Périphrase : figure de style qui consiste à désigner une chose ou une personne par une expression détournée, au lieu de la nommer directement. Exemple : « Celles qu'a fait Cupidon enflammer » (élégie I, p. 19) renvoie aux femmes amoureuses ou amantes.

Personnification : figure de style consistant à animer un objet en lui prêtant des qualités humaines. Exemple : la personnification du luth (sonnet XII, p. 57).

Prosopopée : figure de style qui consiste à faire parler un être absent, imaginaire, abstrait ou disparu. Exemple : la poétesse fait parler la déesse Diane.

Quatrain : strophe composée de quatre vers.

Règle du -*e* muet : dans la poésie versifiée, les -*e* sont prononcés, sauf dans certains cas. Dans un vers régulier, le -*e* final d'un mot reste muet lorsqu'il est en fin de vers ou lorsque, au sein du vers, le mot suivant commence par une voyelle ou un -*h* muet.

Rime : retour d'un même son à la fin de plusieurs vers. Les rimes sont plates ou suivies lorsqu'elles suivent le schéma AABB ; embrassées lorsqu'elles suivent le schéma ABBA ; croisées lorsqu'elles suivent le schéma ABAB.

Sonnet : poème de forme fixe, composé de quatorze vers de même longueur, organisés en deux quatrains, suivis de deux tercets (ou un sizain).

Stances : poème lyrique, souvent élégiaque, d'inspiration morale ou religieuse, formé de strophes de même structure.

Strophe : partie d'un poème ou ensemble de vers isolé par la typographie.

Synérèse : fait de prononcer et de compter en une seule syllabe une suite de deux voyelles. Exemple : « grief » (sonnet VIII, v. 6, p. 48) compte pour une seule syllabe.

Tercet : strophe composée de trois vers.

Vers : unité poétique marquée par le retour à la ligne et la majuscule initiale. Les vers réguliers respectent un nombre de syllabes imposé et soumis à la rime.

Notes

Notes

Dans la même collection

CLASSICOCOLLÈGE

14-18 Lettres d'écrivains (anthologie) (1)
Contes (Andersen, Aulnoy, Grimm, Perrault) (93)
Douze nouvelles contemporaines (anthologie) (119)
Fabliaux (94)
La Farce de maître Pathelin (75)
Gilgamesh (17)
Histoires de vampires (33)
Les Mille et Une Nuits : Aladin, Ali Baba, Sindbâd (156)
La Poésie engagée (anthologie) (31)
La Poésie lyrique (anthologie) (49)
Le Roman de Renart (50)
Les textes fondateurs (anthologie) (123)
Neuf nouvelles réalistes (anthologie) (125)
Jean Anouilh – *Le Bal des voleurs* (78)
Guillaume Apollinaire – *Calligrammes* (2)
Louis Aragon – *Le Collaborateur et autres nouvelles sur la guerre* (142)
Honoré de Balzac – *Le Colonel Chabert* (57)
René Barjavel – *Le Voyageur imprudent* (141)
James Matthew Barrie – *Peter Pan* (165)
Béroul – *Tristan et Iseut* (61)
Ray Bradbury – *Fahrenheit 451* (152)
Évelyne Brisou-Pellen – *Thésée, Ariane et le Minotaure* (158)
Albert Camus – *Le Malentendu* (114)
Lewis Carroll – *Alice au pays des merveilles* (53)
Driss Chraïbi – *La Civilisation, ma Mère !...* (79)
Arthur Conan Doyle – *Sherlock Holmes, Le Chien des Baskerville* (173)
Chrétien de Troyes – *Érec et Énide* (144)
Chrétien de Troyes – *Lancelot ou le Chevalier de la charrette* (109)
Chrétien de Troyes – *Yvain ou le Chevalier au lion* (3)
Jean Cocteau – *Antigone* (96)
Albert Cohen – *Le Livre de ma mère* (59)
Corneille – *Le Cid* (41)
Didier Daeninckx – *Meurtres pour mémoire* (4)
Dai Sijie – *Balzac et la Petite Tailleuse chinoise* (116)
Annie Ernaux – *La Place* (82)
Georges Feydeau – *Dormez, je le veux !* (76)
Gustave Flaubert – *Un cœur simple* (77)
Romain Gary – *La Vie devant soi* (113)
Théophile Gautier – *La Morte amoureuse et autres nouvelles fantastiques* (146)
Jean Giraudoux – *La guerre de Troie n'aura pas lieu* (127)

William Golding – *Sa Majesté des Mouches* (5)
Jacob et Wilhelm Grimm – *Contes* (73)
Homère – *L'Odyssée* (14)
Victor Hugo – *Claude Gueux* (6)
Victor Hugo – *Les Misérables* (110)
Joseph Kessel – *Le Lion* (38)
Joseph Kessel – *Une balle perdue* (167)
Rudyard Kipling – *Le Livre de la Jungle* (133)
Jean de La Fontaine – *Fables* (74)
Maurice Leblanc – *L'Aiguille creuse, une aventure d'Arsène Lupin* (184)
J.M.G. Le Clézio – *Mondo et trois autres histoires* (34)
Mme Leprince de Beaumont – *La Belle et la Bête* (140)
Jack London – *L'Appel de la forêt* (30)
Guy de Maupassant – *Histoire vraie et autres nouvelles* (7)
Guy de Maupassant – *Le Horla* (54)
Guy de Maupassant – *Nouvelles réalistes* (97)
Prosper Mérimée, Théophile Gautier, Guy de Maupassant – *La Vénus d'Ille et autres nouvelles fantastiques* (136)
Marivaux – *L'Île des esclaves* (139)
Molière – *L'Avare* (51)
Molière – *Le Bourgeois gentilhomme* (62)
Molière – *Les Fourberies de Scapin* (9)
Molière – *George Dandin* (115)
Molière – *Le Malade imaginaire* (42)
Molière – *Le Médecin malgré lui* (13)
Molière – *Le Médecin volant et L'Amour médecin* (52)
Jean Molla – *Felicidad* (168)
Jean Molla – *Sobibor* (32)
Michael Morpurgo – *Cheval de guerre* (154)
Jean-Claude Mourlevat – *Terrienne* (159)
Jean-Claude Mourlevat – *Silhouette* (185)
George Orwell – *La Ferme des animaux* (130)
George Orwell – *1984* (175)
Ovide – *Les Métamorphoses* (37)
Daniel Pennac – *Kamo et moi* (172)
Charles Perrault – *Contes* (15)
Edgar Allan Poe – *Trois nouvelles extraordinaires* (16)
Jules Romains – *Knock ou le Triomphe de la médecine* (10)
Edmond Rostand – *Cyrano de Bergerac* (58)
Antoine de Saint-Exupéry – *Lettre à un otage* (11)
William Shakespeare – *Roméo et Juliette* (70)
Sophocle – *Antigone* (81)
John Steinbeck – *Des souris et des hommes* (100)
Robert Louis Stevenson – *L'Étrange Cas du Dr Jekyll et de M. Hyde* (155)
Robert Louis Stevenson – *L'Île au Trésor* (95)

Jonathan Swift – *Gulliver. Voyage à Lilliput* (151)
Jean Tardieu – *Quatre courtes pièces* (63)
Michel Tournier – *Vendredi ou la Vie sauvage* (69)
Mark Twain – *Les Aventures de Tom Sawyer* (150)
Fred Uhlman – *L'Ami retrouvé* (80)
Paul Verlaine – *Romances sans paroles* (12)
Jules Verne – *Le Tour du monde en 80 jours* (166)
Voltaire – *Jeannot et Colin, Le Monde comme il va* (174)
Marguerite Yourcenar – *Comment Wang-Fô fut sauvé* (186)
Anne Wiazemsky – *Mon enfant de Berlin* (98)
Émile Zola – *Au Bonheur des Dames* (128)

CLASSICOLYCÉE

Des poèmes et des rêves (anthologie) (105)
Guillaume Apollinaire – *Alcools* (25)
Honoré de Balzac – *La Fille aux yeux d'or* (120)
Honoré de Balzac – *Le Colonel Chabert* (131)
Honoré de Balzac – *Le Père Goriot* (99)
Honoré de Balzac – *La Peau de chagrin* (188)
Honoré de Balzac – *Mémoires de deux jeunes mariées* (189)
Charles Baudelaire – *Les Fleurs du mal* (21)
Charles Baudelaire – *Le Spleen de Paris* (87)
Beaumarchais – *Le Barbier de Séville* (138)
Beaumarchais – *Le Mariage de Figaro* (65)
Ray Bradbury – *Fahrenheit 451* (66)
Albert Camus – *La Peste* (90)
Emmanuel Carrère – *L'Adversaire* (40)
Blaise Cendrars – *Prose du Transsibérien et autres poèmes* (147)
Corneille – *Le Cid* (129)
Corneille – *Médée* (84)
Dai Sijie – *Balzac et la Petite Tailleuse chinoise* (28)
Robert Desnos – *Corps et Biens* (132)
Denis Diderot – *Supplément au Voyage de Bougainville* (56)
Joachim du Bellay – *Les Regrets* (187)
Alexandre Dumas – *Pauline* (121)
Alexandre Dumas – *Antony* (177)
Marguerite Duras – *Le Ravissement de Lol V. Stein* (134)
Marguerite Duras – *Un barrage contre le Pacifique* (67)
Paul Éluard – *Capitale de la douleur* (91)
Annie Ernaux – *La Place* (35)
Élisabeth Filhol – *La Centrale* (112)
Francis Scott Fitzgerald – *Gatsby le magnifique* (104)

Gustave Flaubert – *Madame Bovary* (89)
François Garde – *Ce qu'il advint du sauvage blanc* (145)
Romain Gary – *La Vie devant soi* (29)
Romain Gary – *Les Cerfs-volants* (157)
Jean Genet – *Les Bonnes* (45)
Jean Giono – *Un roi sans divertissement* (118)
Olympe de Gouges – *Déclaration des droits de la femme et de la citoyenne* (179)
J.-Cl. Grumberg, Ph. Minyana, N. Renaude – *Trois pièces contemporaines* (24)
Victor Hugo – *Anthologie poétique* (124)
Victor Hugo – *Le Dernier Jour d'un condamné* (44)
Victor Hugo – *Les Contemplations* (livres I à IV) (163)
Victor Hugo – *Ruy Blas* (19)
Eugène Ionesco – *La Cantatrice chauve* (20)
Eugène Ionesco – *Le roi se meurt* (43)
Louise Labé – *Poésies* (176)
Laclos – *Les Liaisons dangereuses* (88)
Mme de Lafayette – *La Princesse de Clèves* (71)
Jean de La Bruyère – *Les Caractères* (livres V à X) (181)
Jean de La Bruyère – *Les Caractères* (livre XI) (182)
Jean de La Fontaine – *Fables* (livres VII à XI) (164)
Marivaux – *Les Fausses Confidences* (170)
Marivaux – *L'Île des esclaves* (36)
Marivaux – *Le Jeu de l'amour et du hasard* (55)
Guy de Maupassant – *Bel-Ami* (27)
Guy de Maupassant – *Pierre et Jean* (64)
Guy de Maupassant – *Une partie de campagne et autres nouvelles réalistes* (143)
Pierre Michon – *Vies minuscules* (180)
Patrick Modiano – *Dora Bruder* (169)
Molière – *Dom Juan* (26)
Molière – *L'École des femmes* (102)
Molière – *Les Femmes savantes* (149)
Molière – *Le Malade imaginaire* (171)
Molière – *Le Misanthrope* (122)
Molière – *Le Tartuffe* (48)
Montaigne – *Essais. Des Cannibales, Des coches* (161)
Montesquieu – *Lettres persanes* (103)
Alfred de Musset – *Lorenzaccio* (111)
Alfred de Musset – *On ne badine pas avec l'amour* (86)
Marie NDiaye – *Histoire de Khady Demba. Trois femmes puissantes* (190)
George Orwell – *La Ferme des animaux* (106)
Pierre Péju – *La Petite Chartreuse* (92)
Charles Perrault – *Contes* (137)
Francis Ponge – *Le Parti pris des choses* (72)
Abbé Prévost – *Manon Lescaut* (23)

François Rabelais – *Gargantua* (183)
Racine – *Andromaque* (22)
Racine – *Bérénice* (60)
Racine – *Britannicus* (108)
Racine – *Phèdre* (39)
Arthur Rimbaud – *Œuvres poétiques* (68)
Tiago Rodrigues – *Bovary* (178)
Edmond Rostand – *Cyrano de Bergerac* (148)
Stendhal – *Le Rouge et le Noir* (160)
Paul Verlaine – *Poèmes saturniens* et *Fêtes galantes* (101)
Jules Verne – *Voyage au centre de la Terre* (162)
Voltaire – *Candide* (18)
Voltaire – *L'Ingénu* (85)
Voltaire – *Micromégas* (117)
Voltaire – *Traité sur la tolérance* (135)
Voltaire – *Zadig* (47)
Émile Zola – *La Fortune des Rougon* (46)
Émile Zola – *Nouvelles naturalistes* (83)
Émile Zola – *Thérèse Raquin* (107)

Cet ouvrage a été composé par Palimpseste à Chevreuse.

La pâte à papier utilisée pour la fabrication du papier de cet ouvrage
provient de forêts certifiées et gérées durablement.
Imprimé en Espagne par Novoprint (Barcelone)
Dépôt légal : août 2021 – N° d'édition : 03581720-03/nov 2022

PEFC PEFC/14-38-00277